KB148969

철부지 엄마와 꼬마 철학자

철부지 엄마와 꼬마 철학자

초판 1쇄 인쇄 _ 2020년 1월 20일
초판 1쇄 발행 _ 2020년 1월 25일

지은이 _ 소리울림박혜정

펴낸곳 _ 바이북스
펴낸이 _ 윤옥초
책임 편집 _ 김태윤
책임 디자인 _ 이민영

ISBN _ 979-11-5877-150-8 03810

등록 _ 2005. 7. 12 | 제 313-2005-000148호

서울시 영등포구 선유로49길 23 아이에스비즈타워2차 1005호
편집 02)333-0812 | **마케팅** 02)333-9918 | **팩스** 02)333-9960
이메일 postmaster@bybooks.co.kr
홈페이지 www.bybooks.co.kr

책값은 뒤표지에 있습니다.

책으로 아름다운 세상을 만듭니다. — 바이북스

다섯 살 딸에게 배우는 43가지 삶의 지혜

철부지 엄마와 꼬마 철학자

소리울림박혜정 지음

들어가는 글

"엄마, 눈감아보세요."

"감았어. 근데 왜?"

"이게 비가 들려주는 노래예요."

며칠 전이었다. 장대비 쏟아지는 날임에도 나는 거리로 나서야만 했다.

"엄마가 약속했잖아요."

지난주 '자동차가 있는 키즈카페'에 데려가 주겠다고 약속을 했다. 이튿날은 일이 생겼고, 그다음 날은 피곤했다. 그렇게 차일피일 미루다 한 주가 지나버렸다. 아이는 더 이상 기다릴 수 없다는 듯 '약속'이라는 말을 꺼냈다.

'약속은 지켜야 하는 일이고, 약속은 자기가 한 말에 책임지는 일'이라며 훈육이라는 명분하에 쓰던 말이 나에게 부메랑이 되어 돌아왔다.

시간을 확인했다. 키즈카페의 폐점 시간을 지나고 있었다. 약속보다 더 나은 해결책이 필요했다.

"규림아, 우리 핑크 장화 신고, 핑크 가방 메고, 핑크 우산 쓰고 비 맞으러 나가볼래?"

아이가 좋아하는 '스리 핑크'로 주의를 환기시키고, '비'라는 미끼를 던졌다. 축축한 건 싫어하는 내가 당장 생각해낼 수 있는 최선의 대안이었다.

엄마의 요상한 '결벽증'에 모래 하나, 길거리에 널린 장난감(내 눈엔 쓰레기다) 하나 제대로 만져보지 못한 아이에겐 뜻밖의 말이었다.

"좋아요."

대답과 동시에 아이는 얼른 토끼 인형이 담긴 가방을 둘러멨고 이내 신발장으로 향했다. 핑크 장화를 신고 우산까지 챙겨들며 엄마의 채비를 기다리고 있었다.

집에 있는 가장 큰 우산을 들었다. 현관문을 열어보니 빗줄기는 굵었고 바람까지 불고 있었다. 슬리퍼를 꺼내 신었다.

'어차피 젖을 발, 신발이라도 살리자.'

밖으로 나가 채 열 걸음을 걷기도 전, 무릎 아래의 바짓자락이 젖었다. 찝찝했다. 큰길로 나섰다. 바람은 더 세차게 불었다. 여름이었지만 팔엔 뾰족뾰족 살이 돋아 올랐다. 추웠다.

아이를 내려다보았다. 내 손바닥보다 조금 더 큰 것 같은 어린이용 우산을 쓴 아이, 치맛자락은 흠뻑 젖어 무릎께에 붙어있었다. 비를 맞고 싶었나 보다. 흘끗 나를 보더니 마치 우산이 바람에 떠밀리기라도 한다는 듯 연기를 시작했다. 우산을 어깨춤까지 슬쩍 내려놓고 내 표정을 살피고 있었다.

'오늘은 키즈카페 대신이니까.'

약속을 지키지 못한 미안함을 이렇게 털어버리기로 했다.

"규림아, 하고 싶은 대로 해. 젖으면 씻으면 되지."

그제야 소리 내어 웃으며 우산을 발아래까지 내려보는 아이.

"옷도 씻으면 되고 토끼도 씻으면 되죠."

그날 아이는 처음으로 비를 맞으며 홀딱 젖어봤다.

나의 찝찝함은 여전했으나 웃음이 끊이지 않는 아이의 뒤를 따르며 아이의 미소는 나에게도 전염되었다.

"엄마, 눈감아보세요."

'타닥 타닥 토도독'

그렇게 나는 비의 노랫소리를 처음 들었다.

치열한 세상에서 즐거운 세상으로 즐거운 소리와 색으로 가득한 세상으로 인도한 아이. 그렇게 규림이는 나의 작은 멘토이자 나의 꼬마 철학자가 되었다.

아이와의 만남이 처음부터 행복 가득한 세상은 아니었다.

"왜 울어? 말을 해. 말을 하지 않는데 내가 어떻게 알아? 나보고 어떡하라고?"

백일도 되지 않는 아이를 흔들며 소리를 쳤다.

질끈 묶은 머리는 좀처럼 풀 일이 없었고 목이 늘어난 티셔츠 따위는 눈에 들어오지도 않았다. 우유를 먹이고, 기저귀를 갈아줘도 울기만 하는 아이는 '세상에 내 의지로 되지 않는 것이 있다'는 것을 처음 알려준 존재였다.

'죽고 싶다' 생각한 건 아니지만, 산후우울증으로 자살이라는 극단적인 선택을 해야만 했던 엄마들의 마음을 충분히 이해하고도 남을 시간들이었다.

아이를 낳아야 진짜 어른이 된다고 했던 어른들의 말에 백 번, 천 번 고개를 끄덕이게 한 아이와의 만남은 나를 또 다른 사람으로 다시 살게 하는 기적의 순간이다.

'책은 최고의 유희이고, 진리이며, 내가 할 수 있는 최고의 경

험이자 세상이다.'

책으로 제 2의 인생을 살고, 책으로 성장했던 나이기에 육아를 위한 최고의 준비 역시 책이라 생각했다. 하지만 임신을 하고 미친 듯이 읽었던 육아서의 내용들은 실전에서 공허하기만 할 뿐이었다.

육아서 속 아이는 내 아이가 아니라는 것을 왜 그때는 몰랐을까?

'백일의 기적'은 백일을 지나 오십 일이 더한 시점에 찾아왔다. 아이의 잠은 곧 나의 휴식이었고, 턱 끝까지 찬 가빴던 호흡에 조금씩 여유가 생겨나고 있었다.

돌을 즈음하며 간단한 단어와 표정, 몸짓으로 아이와의 소통이 시작되며 고통스럽기만 하던 육아는 버텨볼 만한, 해볼 만한 육아가 되었다.

세 살을 즈음하여 아이의 언어는 폭풍성장을 했고 나에겐 기적의 시간이 찾아왔다.

'생각 없는 책 읽기는 시간 낭비다.'

책만이 길이라며 맹목적으로 책을 읽기만 하던 나는 육아를 통해 깨달았다. '읽었다'라는 지난 시간은 책 읽은 '깨달음'이라는 막연한 느낌만 남았을 뿐이라는 것을. 진정한 삶의 변화는 아직 내게 찾아오지 않았다는 것을.

아이를 키우며 깨닫게 되는 순간들이 늘어날수록 인정하지 않을 수 없었다. 이전의 나의 책읽기는 그저 공허한 형식미와 미사여구를 논하는 기교일 뿐이었다는 것을. 자랑하기 위한 지적 허영에 불과했다는 것을.

삶의 기준이나 원칙 없이 닥치는 대로 읽고 책만이 진리라며 무작정 따르고 있는 나를 보았다. 어제의 나는 지금에 충실했고, 오늘의 나는 내일을 준비하고만 있었다.

왜 읽는지, 무엇이 필요한지, 아무 이유 없이 책을 읽다 보니 불필요한 지식의 양만 늘어가며 오히려 삶이 혼란스러워졌다. 어떤 책은 열심히 살라 말하고, 또 어떤 책은 즐기며 살라 말했다.

독서와 강연, 다양한 수업과 자격증 따기 등 나의 끊임없는 배움으로 지식의 양만 늘려가던 내가 삶으로 풀어내지 못하고 의욕만 넘쳐 이리저리 날뛰고 있을 때 아이를 낳았다. 다행인 것은 아이를 낳고도 책을 놓지 않았다는 점이다.

책을 읽으면서 아무리 생각하고 고민하며 나만의 삶을 살아보리라 다짐해도 또다시 나는 희미해졌다. 그런 내가 아이를 만나며 알았다.

아이의 성장 과정, 말과 행동, 생활 태도들을 보며 책이 말하던, '타자의 글을 넘어 온전히 내 삶이 되는 것'이 아이의 삶 속에 있다는 것을.

우리 집 꼬마 철학자, 그렇게 나는 우리 집에서 니체를 만나고 라캉을 만났다.

'사랑해야지, 감사해야지, 이 순간에 충실해야지.'

다짐하고 하루를 시작하지만 그 다짐은 하루를 넘기기 어려웠다. 나의 의지와 의식이라는 것은 바람 앞의 촛불과 같았다.

어떻게 해야 하는 건지, 어떤 노력이 필요한지 몰라 헤매고 고민하던 순간순간 아이는 언제나 자신만의 방법으로 알려주었다. 그렇게 나의 깨우침의 찰나에는 언제나 아이가 있었다.

나는 아이의 눈으로 세상을 배웠다. 책과 삶을 연결시켜준 것은 대단한 책이나 강연이 아니라 언제나 내 곁에 있던 아이였다. 나는 이렇게 아이와 함께 천천히 성장하고 있다.

엄마를 성장시키는 아이, 아이는 내 인생 최고의 멘토이다.

세상의 모든 것들에 의미를 부여하는 아이를 보며 나는 그녀를 '가치발현가'라고 부른다.

의미 없는 개체, 세상의 미물들이라 생각했던 것들에 아이의 시선과 마음이 닿을 때면 존재의 이유를 알게 된다. 무의미한 존재들에 유의미한 가치를 부여하는 클리나멘의 시간.

젊은 시절 괴테에게 헤르더가 있듯 나에겐 우리 집 꼬마 철학자가 있다.

아이를 통해 감사와 사랑을 배우고, 삶과 존재를 배우고 있다. 아이의 눈을 통해 세상의 진정한 의미를 발견해내는 사람으로 성장하고 싶다. 그리고 그 아이의 순수하고 맑은 눈을 지켜줄 수 있는 엄마이고 싶다.

차례

1장

사랑은 마음

2장

매 순간에 집중, 지금 행복하기

3장

배려와 감사, 그 깊은 마음으로

4장

일상의 즐거움

5장

가치발견, 아이의 눈에서 삶을 배우다

1장

사랑은 마음

자연은 어쩌면 저렇게도 화려하게
나를 향해서 빛나는 것일까
태양은 저렇게 번쩍이고 풀밭은 저렇게 다정한 것일까
요한 볼프강 폰 괴테

모든 기교에서 벗어나 솔직한 감정이 되살아날 때
비로소 사랑이 피어난다.

화분을 안은 채

2018년 어느 목요일은 내가 세상의 빛을 본 이래 가장 많은 꽃을 선물 받은 날이다.

졸업식, 입학식, 매년 돌아오는 생일 등 특별한 날이 많이도 지나갔지만 지난 목요일만큼 많은 사람들에게, 한꺼번에 축하를 받아본 것은 처음이었다. 기쁨과 떨림, 얼떨떨함과 감동 등 복잡한 감정을 한 번에 느꼈던 지난 목요일은 내가 가진 첫 저자 강연의 날이었다.

독자와의 만남을 가졌던 교보문고는 작가들이 책을 출간하고서 가장 서보고 싶어하는 자리 중 하나이다. 그런 귀한 자리에서 나는 내 인생 첫 저자강연을 가졌다. 마련된 자리만으로 감사한데 준비된 자리보다 훨씬 많은 분들이 응원을 와주셨다. 시작 한참 전부터 교보에서 마련해준 자리는 꽉 차버렸고 강연장 바깥에도 아는 얼굴들이 많았다.

자리를 채워주는 것만으로도 감사할 일인데 약속이나 한 듯 내 품에 안겨주는 꽃과 화분들. 연말 영화제나 가요제에서 대상을 받아도 이렇게 많은 꽃을 받지는 않을 것 같았다.

'이 은혜, 내가 꼭 갚고 말리라.' 다짐하며, 감사를 넘어 감동의 첫 경험의 날이었다.

문 밖은 여전히 찬바람이 부는 2월이었지만 우리 집은 넘치는 꽃과 화분 선물로 때 이른 봄이 찾아왔다. 커다란 꽃다발들은 해체 작업을 통해 집에 있던 모든 컵에 꽂혀 안방, 거실, 서재, 주방 등 빈 공간이 보이는 곳마다 자리를 잡았다. 안방의 꽃은 안방에 있어 그만의 매력이 있었고, 주방의 꽃은 또 거기 있어 특별했다.

각자의 매력을 자랑하는 꽃 덕분에 만화 속 여느 공주방이 부럽지 않은 며칠을 보냈다.

꽃은 지는 순간이 있기에 아름다운 거라고 하지만, 그래서 더 눈부시다. 하지만 꺾여버린 꽃의 생명력은 순간의 화려함이 무색할 만큼 너무나 짧았다. 채 일주일이 지나지도 않았는데 조금씩 시들어가는 꽃이 여기저기에 놓여 있으니 마음이 불편해져왔다. 나에겐 '그저 꽃'이 아니었다. 많은 이들의 축하와 응원, 나의 감동과 감사가 깃든 나의 첫 경험을 품은 꽃이었기에 죽어가는 모습을 지켜볼 수만은 없었다. 아직 멀쩡한 꽃들이라도 살려야겠다는 마음에 나는 더 잔인한 방법을 선택해야만 했다.

'말려야겠어.'

이미 해체되어버린, 시들기 시작한 꽃들을 어쩔 수 없어 포기하고 작은 꽃다발들을 말리기로 했다. 더 오래 보고 싶은 나의 욕심에 작은 꽃들은 자신들의 의지와 상관없이 바람이 잘 통하는 베란다로 옮겨졌다. 차갑고 건조한 겨울바람은 꽃의 온기를 앗아갔고, 꽃은 향기 머금은 미이라가 되었다.

마른 꽃에도 향기는 남아 있었다. 은은한 향에 위로를 받으며 마른 꽃들을 거실과 주방 벽에 걸었다. 그렇게 나만의 봄이 끝나가고 있었다.

꽃다발 정리를 모두 끝내고서야 화분 하나가 눈에 들어왔다. 동양 느낌이 물씬 나는, 도도하고 꼿꼿하게 허리를 세워 단아한 보라 꽃을 피웠던 화분. 이 화분은 말리지 못해 열심히 물을 주었다. 하지만 화분은 나의 '마음'을 무색하게 만들어버렸다. 꼿꼿했던 보라 꽃은 깊숙이 고개를 숙였고, 그 곁을 지키던 길쭉길쭉 초록 잎들도 생기를 잃어버렸다.

화려한 꽃들과 달리 묘한 느낌의 고고함이 마음에 들어 거실 가장 잘 보이는 곳에 올려두었는데 흙을 디디고 있다는 사실이 무색하게 꽃다발과 수명을 같이 해버렸다.

'봄꽃이니까 제 몫을 다 했다.'라고 말하기엔 무책임하게 느껴졌다.

잘 말려진 꽃과 달리 우아했던 꽃의 이울음은 처량했다.

'사람이나 꽃이나 시간의 속도만 다를 뿐, 흐르는 시간은 어쩔 수 없는 것인가? 이게 각자의 삶인가?'

짧은 순간에 삶이 허무하게 느껴졌다. 흙을 디딘 꽃이기에 오래 살 줄 알았다.

완전히 이울어 버린 화분을 멍하게 보다 소리를 질렀다.

"햇빛."

내 눈에 잘 띄는 곳, 거실 안쪽에서 햇빛을 보지 못했기 때문일 수도 있겠다는 생각이 들었다. 아이 책장 위에 있던 화분을 번쩍 들었다. 등 뒤에서 놀던 아이가 나를 불렀다.

"엄마."

시든 화분에 온통 신경이 가 있던 나는 이 화분에게 얼른 햇빛을 보여줘야겠다는 생각뿐이었다. 슬쩍 돌아본 아이의 무릎 위에는 여전히 책이 놓여 있고 위험한 어떤 것도 보이지 않았다. 그대로 화분을 들고 베란다로 향했다. 등 뒤에서 더 큰 목소리가 들려왔다.

"엄마, 엄마."

문을 열고 베란다로 나가니 아이의 목소리가 온 집안을 울릴 만큼 커지고 다급해졌다.

"엄마, 엄마."

아이의 소리에 놀라 화분을 베란다에 얼른 내려놓고 거실로 뛰어들며 물었다.

"규림아, 왜? 무슨 일이야?"

빈손으로 거실로 들어선 나를 보더니 아이는 바닥에 주저앉아 서럽게 울기 시작했다.

아이의 갑작스러운 행동에 이유를 짐작할 수도 없었다. 아이를 안으며 물었다.

"왜? 왜? 무슨 일인데?"

터진 울음에 대답하지 못하고 서럽게 우는 아이를 한참 다독였다. 천천히 진정되어 가는 아이에게 조심스레 물었더니 아이가 울먹이며 대답했다.

"어…엄…마… 밖이 얼마나 추운데, 꽃이 추워한단 말이에요."

울먹울먹 대답을 하다 다시 꽃이 떠올랐는지 또다시 울음을 터뜨린다.

과학으로 증명된 어설픈 이론을 앞세워 앵무새처럼 떠들기만 하는 나, 아이의 대답은 고전이니 인문이니 하며 소리 높였던 어제의 내 사랑을 떠오르게 했다. 갑자기 얼굴이 뜨거워졌다.

엄마,
추워요

좀처럼 눈 구경하기 힘든 남쪽 지역에 눈이 내리고 뉴스에도 연일 날씨가 기사화되는, 유난히 춥다고 하는 겨울이다.

아침 일찍 아이와 집을 나섰다. 현관문을 여는데 얼음장처럼 차가운 바람이 얼굴을 스친다.

"으아, 춥다."

본능적으로 튀어나온 말이었다.

곧바로 내 뒤를 따라나온 아이가 말했다.

"시원하다."

'아차!'

사소한 일상의 말 한마디 모여 내가 된다며 사용하는 언어가 중요하다고 말하면서 정작 나의 말버릇은 쉽게 고쳐지지 않았다. 그럴 때마다 아이는 이런 식으로 나를 환기시킨다.

거의 매일이라도 해도 될 만큼 자주 반복되는 모녀의 아침풍경이다. 엄마의 머릿속에는 세상에서 가장 큰 대왕 지우개라도 들어있는 건지 어제 아침 '아차' 하고는 오늘 아침 같은 실수를 반복하는 나, 나는 아이의 뒤통수에 대고 중얼거린다.

'이 엄마는 너를 따라가려면 아직 멀었다. 잘 부탁한다. 스승님아.'

아이는 한겨울에도 '차가운 바람' 대신 '시원한 바람'이라 표현하고, 얼음장처럼 차가운 내 손을 붙잡고도 엄마 손이 시원하다 말해준다. 아이의 입에서 '춥다, 차갑다'라는 말을 들어본 기억이 없다. '춥다, 차갑다' 대신 시원하다 말하는 아이 덕분에 한겨울 에이는 바람은 이내 사라지고 있는 그대로의 바람을 느껴볼 수 있었다.

좀처럼 고쳐지지 않는 나의 말버릇을 반성하며 아이와 차에 올랐다. 주절주절, 나만큼 말 많은 아이는 쉬지 않고 떠들어댄

사소한 일상의 말 한마디 모여 내가 된다며

사용하는 언어가 중요하다고 말하면서

정작 나의 말버릇은 쉽게 고쳐지지 않았다.

그럴 때마다 아이는 다른 말로 나를 환기시킨다.

다. 나도 맞장구치며 폭풍수다를 떨다 보면 어느새 어린이집 앞이다. 운전석에서 내려 아이를 내려주기 위해 보조석 문을 활짝 열었다.

"엄마, 추워요."

딸아이의 입으로 처음 들어본 낯선 단어, 겨울을 보내는 동안 한 번도 듣지 못한 단어가 내 귀에 들려왔다.

'설마, 나에게 배운 건가?'

예쁜 말만 골라하는 아이에게 세상을 알려준 것 같아 살짝 속상하기도 하고, 처음 들어보는 반응과 단어에 의아해하면서도 이내 수긍해버린 나였다. 그날은 연일되는 강추위로 며칠째 뉴스의 첫 기사로 날씨 이야기가 쏟아지던 날이었다. 그리고 그날은 분명 칼바람이었다.

"규림아, 많이 추워?"

"응, 엄마. 바람이 많이 차가워서 햇빛이 추울 것 같아."

"……."

어떤 말도 할 수 없었다.

햇빛이 춥다.

태양은, 햇빛은 언제나 뜨겁기만 한 줄 알았다.

그래, 햇빛도 추울 수 있다.

누구에게나 찬바람은 있다.

다치지 않아 다행이야

학창시절 두발 규제로 6년 동안 귀밑 3cm를 유지해야 했다. 나의 의지가 아닌 타인에 의한 규제는 그 반작용으로 긴 생머리에 대한 로망을 만들었다.

간절했던 로망은 대학 입학과 동시에 쉽게 간단히 해결되었지만 그때 시작된 긴 머리 사랑은 현재 진행형이다. 누군가는 '치렁치렁'이라 말하며 잘라보라 하지만 허리에 닿을 듯 말 듯 긴 머리를 도저히 자를 수가 없다. 안 자르는 것이 아니라 못 자르는 것이다. 솔직함의 미덕을 꺼내어 말하자면 요즘말로 나에겐 '머리빨'이 있다.

찰랑찰랑보다는 치렁치렁에 가깝게 머리를 풀어헤치며 다니다 보니 가끔 이니셜로 만들어진 굴곡 많은 목걸이에 내 머리카락이 걸리곤 한다. 머리카락이 걸리면 한 가닥씩 조심스럽게 풀어내는 대신 '에잇' 하며 그냥 머리를 뜯어버리는 것이 나이다.

아이가 내 무릎 위에 앉아 목걸이를 만지작거린다. 아직 글자를 모르는 아이이지만 그 목걸이가 자기의 이름으로 만들어진 것은 알고 있다. 아이를 낳고 감동한 내가 내 돈으로 나에게 선물한, 아이의 이름으로 만들어진 이니셜 목걸이다.

목걸이를 두 번째 손가락으로 가리키며 '김규림'이라고 큰 소리로 외치고는 나에게 확인하듯 묻는다.

"엄마, 나도 엄마만큼 커지면 김규림 목걸이 하는 거야?"

자기에겐 없는 반짝거리는 것이 엄마에게 가득하니 탐나는 모양이었다. 반지와 귀고리, 목걸이를 가리키며 '나도 갖고 싶다' 하는 딸에게 어른 되면 목걸이를 주겠노라 말했었다. 다른 것에는 없는 목걸이만큼은 자기 이름이 있다는 것을 안 후 목걸이를 볼 때마다 같은 질문을 하곤 했다.

"그래, 규림이가 목걸이 할 수 있을 만큼 크면 그때 줄게."

언제나 같은 대답을 했지만 언제나 곧 자기 것이 된다며 좋아했다. 그리고 한참 만지는 것으로 지금 가질 수 없는 아쉬움을 대신한다.

귀여운 그 모습에 아이를 찌르다 몸 장난이 시작되었다. 머리부터 발끝까지 뽀뽀폭탄이 이어지고 여기저기 간질간질 간지럼 태우면 아이는 숨 넘어갈 듯 세상 가장 예쁜 웃음소리를 들려준다. 세상 어떤 소리보다 엄마가 행복해지는 소리이다. 그 소리가 예뻐 한참을 부둥켜안고 놀다 들리는 아이의 외마디 비명소리,

"아, 아야, 아야."

얼른 아이를 내려다보았다. 내 목걸이에 아이의 머리카락이 엉켜버렸다. 내 머리카락처럼 뜯어버릴 수 없어 목걸이를 풀었다.

"아, 아."

급하게 목걸이를 풀다보니 아이의 머리카락이 또다시 당겨진 모양이었다. 내 가슴팍에 머리를 바싹 붙이고는 연신 아프다고 소리를 지르는 아이를 보니 마음이 더 급해졌다. 허둥지둥 목걸이를 풀고 목걸이와 엉켜버린 아이의 머리카락을 확인했다. 단단히 엉켜 있었다. 괜찮다고, 조금만 기다려달라 말하며 한 가닥씩 머리카락을 풀어냈다. 빳빳한 엄마의 머리칼과 달리 부드러운 아이의 머리카락은 몇 가닥을 잘 풀고 나니 쉽게 풀렸다.

"됐어. 괜찮아?"

엄마의 말에 고개를 들어 목걸이를 한참을 들여다본 아이가 웃으며 말한다.

"엄마, 목걸이가 다치지 않아서 다행이야."

세상의 신비를 보는 눈, 사랑

지방 선거 날이었다. 투표로 생긴 생각지 못한 휴일은 길에서 공돈을 주운 것 같은 기분의 날이다. 대한민국 국민으로 소중한 한 표를 행사해야 한다는 것은 알고 있지만 이 나라의 미래에 대해 깊이 생각해본 적 없다. 그저 뉴스와 귀동냥으로 마음속 투표는 이미 끝낸 상태였다.

바쁘다는 핑계로 최근 아이와 시간을 많이 보내지 못했는데, 그 미안함을 오늘 조금은 해소할 수 있을 것 같았다. 숙제 같은 투표는 얼른 해치우고 하루 종일 아이와 놀 생각으로 눈을 뜨면서부터 기분이 좋았다.

투표소가 집과 가까워 '혼자 얼른 뛰어갔다 올까?' 생각하다 아이와 동행을 결심했다.

작은 경험들이 아이의 삶에 스며들어 자신의 의무와 권리를 찾고, 자신의 목소리를 낼 수 있는 건강한 사람으로 자랐으면 하는 엄마의 욕심이 발동했다.

투표소 구석구석을 보여줘야겠다 생각하니 마음이 바빠졌다. 투표소가 붐비지 않을 시간에 방문해야겠다 싶어 자고 있는 아이를 흔들어 깨웠다.

"규림아, 투표하러 가자."

평소보다 이른 기상이었다. 아침잠 많은 아이지만 어딘가를 가자는 말이 놀러간다는 말로 들렸나보다. 잠투정 없이 눈을 떴다. 후다닥 샤워를 끝내고 아이부터 옷을 입혔다.

"잠시만 놀고 있어."

거실에 아이를 내려놓고 방으로 들어갔다. 화장을 하고 옷을 입고 있으니 아이가 무언가를 안고 방으로 들어온다.

"엄마, 얘들이 같이 가고 싶대요."

책, 인형, 자동차 등 자주 가지고 놀던 장난감이 양손 가득이었다. 평소 자동차로 이동하는 경우가 많다보니 동행하는 장난감들이 많았다. 아이 방에서 가방을 챙겨왔다. 오늘은 자동차 없

엄마의 걸음보다 느린 속도지만 이 아이는
바람을 가르고 있다. 강아지와 이야기 나누며
세상 가장 행복한 표정으로 아이는 엄마를
앞질러 나간다. 힐끗힐끗 고개를 돌려 강아지를
확인하는 두 눈에 걱정과 사랑이 가득하다.

이 걸어갈 거라고 말하고 아이를 설득해 젤리 하나와 강아지 인형 하나만 챙겼다.

"엄마, 붕붕이(킥보드) 타고 가고 돼요?"

가까운 거리라 타도 불편하지 않을 것 같았다. 나는 킥보드와 젤리든 가방을 들었고, 아이는 강아지 인형을 안았다. 아파트 입구로 내려와 킥보드를 세웠다. 아이의 어깨에 가방을 메어주었다. 아이는 가슴에 안긴 인형과 킥보드를 번갈아 쳐다봤다.

"강아지를 가방에 넣어줄까?"

고민이 해결된 듯 활짝 웃으며 강아지 인형을 내밀었다.

지퍼를 열어 강아지를 밀어 넣고 있는 나에게 아이가 힘주어 말했다.

"엄마, 멍멍이 숨 쉬기 힘드니까 머리는 꺼내주세요."

자동차에 희미하게 비친, 가방 한쪽으로 머리를 내민 강아지를 확인하고서야 출발한다.

"내가 킥보드 태워 줄게."

엄마의 걸음보다 느린 속도지만 이 아이는 바람을 가르고 있다. 강아지와 이야기 나누며 세상 가장 행복한 표정으로 아이는 엄마를 앞질러 나간다. 힐끗힐끗 고개를 돌려 강아지를 확인하는 두 눈에 걱정과 사랑이 가득하다.

강아지를 챙기며 킥보드를 밀고 나가는 아이의 뒷모습을 보며 사랑을 다시 생각하게 된다.

이 세상의 모든 창조물을, 모래 한 알까지 사랑하라.

나뭇잎 하나, 빛줄기 하나라도 사랑하라.

동물을 사랑하고 식물을 사랑하고 모든 사물을 사랑하라.

모든 것을 사랑하면 그 사랑 속에서 세상의 신비를 발견하게 될 것이다.

내가 만들어줄게

내가 아무리 특별해지려 노력해도 어쩔 수 없는 나는 보통 엄마인가 보다.

예쁜 내 아이가 더 예쁘게 보이는 순간은 무언가에 빠져 혼자 놀기의 진수를 제대로 보여줄 때이다.

아이가 장난감과 대화를 시작할 때쯤이면 내가 사라져도 아이는 나의 부재를 인지하지 못한다. 아이가 무언가와 대화를 시작했다는 것은 놀이에 빠졌다는 증거이고 나는 더 이상 그 놀이에 동참하지 않아도 된다. 내가 아이의 시선이 닿는 곳에만 머무르기만 하면 엄마의 존재를 확인하는 것으로 충분하다. 가끔 질문을 던지기도 하지만 답을 얻으면 이내 놀이로 다시 빠져든다. 장난감, 책, 스티커 붙이기 등의 놀이로 짧게는 한 시간 길게는 두 세 시간도 집중하는 아이이다.

세상은 미운 4살, 미친 5살이라고 말하지만 내 아이는 귀여운 4살을 보내고 예쁜 5살로 잘 자라주고 있다. 이렇게 예쁘게 커주고 있는 아이임에도 터져 나오는 외침은 엄마의 본능인 걸까?

'야호, 자유시간이다.'

아이 눈에 잘 띄는, 거실 한쪽 구석에 비스듬히 기대어 앉아 책을 펼쳤다. 책을 무릎 위에 올려두긴 했지만 나의 눈은 아이의 장난감을 향했다. 쓸데없는 낭비, 엄마의 만족일 뿐이라며 제대로 된 장난감을 사준 적이 없었다. 여기저기 얻어온 장난감과 문구점에서 큰 인심 쓰듯 사주었던 1~2천 원짜리 장난감이 집에 있는 대부분이다. 짝이 맞지 않는 장난감으로도 아이는 세상 즐거운 시간을 보낸다. 장난감을 살 때도 엄마의 만족이듯, 이 순간 미안함도 그저 나의 몫이다.

아이의 목소리는 점점 작아지고 나는 내 안으로 빠져들고 있었다.

아이가 벌떡 일어나 자기 방을 뛰어 들어간다. 시간이 꽤 흘렸음에도 아이가 나오지 않았다. 몸을 일으켜 아이 방으로 향했다. 문 가까이 다가가니 중얼거리는 아이의 목소리가 들렸다. 손잡이를 돌려 방안을 들여다보았다. 중얼중얼 이야기하며 무언가를 만들고 있었다.

문틈으로 머리를 들이밀고 물었다.

"규림아, 뭐해?"

"집 만들고 있어요."

고개를 들어 나와 눈을 맞춘다. 방안으로 발을 들여놓으며 다시 물었다.

"집? 갑자기 무슨 집?"

"피카츄 집이요."

그제야 아이의 왼쪽 바닥에 놓여있는 내 엄지손가락만 한 피카츄 가방 고리를 발견할 수 있었다. 며칠 전 어디서 얻었는지 우리 집으로 분양되어 온 손 때 묻은 작은 가방 고리는 순간 쓰레기를 얻어왔다 싶었던 인형이었다.

"인형이랑 놀다가 왜 갑자기 피카츄 집을 만드는 거야?"

"응, 인형은 집이랑 친구가 있고, 규림이는 집도 있고 맛있는 것도 있는데 피카츄는 아무것도 없어서 내가 집을 만들어주려

고요.”

너무 작아 내 눈에는 보이지도 않던 가방 고리였고, 쓰레기라 생각했던 인형이었다.

작은 인형 하나에도 마음 쓰는 딸을 보며 오늘도 세상을 배운다.

사소하고 작은 것은 없다. 그렇게 보는 내가 있을 뿐.

길 위에서
발견한 사랑

"엄마, 사랑해요."

오랜만에 아이와 밤마실을 나섰다. 내 뒤를 따라 걷던 아이가 뜬금없는 고백을 했다. 예상치 못했던 아이의 사랑고백에 기분 좋아진 나는 환하게 웃으며 돌아섰다.

"엄마도 규림이 완전 사랑해."

돌아서 아이와 눈을 맞추려 했지만 아이의 눈과 손은 나를 향해 있지 않았다. 아이는 두 번째 손가락을 쭉 펴고 바닥을 가리키고 있었다. 내가 지나온 길을 가리키던 손가락, 그 손가락을 따라 가보니 그 끝에 '사랑해요'가 있었다.

길 바로 옆 공사장에서 바닥에 기름을 살짝 흘렸나 보다. 바닥에 떨어진 기름의 모양새가 흡사 하트 그림을 그려 놓은 것 같았다. 아이는 '하트'라는 단어 대신 '사랑해요'라는 단어를 일반 명사인 듯 사용하곤 한다. 결국 아이는 바닥에서 발견한 하트 모양을 나에게 알려주고 싶었던 것이다. '풋' 하고 웃음이 터져 나왔다. 이내 아이를 다시 바라보았다. 어둠이 깔린 늦은 저녁, 내가 밟고 지나온 그곳에서 사랑을 발견하는 딸이 대견했다. 거기다 자기만의 표현방법으로 엄마에게 뜬금없는 사랑고백까지 해버리는 현명한 딸.

아이다운 일석이조, 아이다운 아름다움이었다.

딸 바보 엄마의 지고지순한 마음인지는 모르겠지만 우리는 그날 저녁 길 위에서 발견한 '사랑해요' 덕분에 그곳에서 한참을 웃고 떠들었다. 고백타임은 사랑노래로 이어졌고 우리의 밤은 '길 위에서 발견한 사랑'으로 행복했다.

책을 읽고 가치노트를 쓰며 세상에 눈을 뜨고 있다고 생각했지만 여전히 나는 내가 보고 싶은 것만을 보고 살아간다. 엄마가 오만해지고 교만해지려 할 때면 아이는 언제나 자기만의 방

아이는 '하트'라는 단어 대신 '사랑해요'라는
단어를 일반 명사인 듯 사용하곤 한다.
결국 아이는 바닥에서 발견한 하트 모양을
나에게 알려주고 싶었던 것이다.

법으로 엄마를 깨운다.

길 위에서 발견한 사랑은 나를 또다시 생각하게 한다.

사랑에너지 충만한 아이가 곁에 있어 건조해지는 엄마를 언제나 촉촉이 적셔준다.

길에서 발견한 사랑, 일상이 주는 소소한 행복. 이것이 삶임을 오늘도 아이를 통해 배운다.

사랑은
지금 행하는 것

학생들과 만나는 일을 하다 보니 귀가가 늦어지곤 한다.

늦은 시간까지 수업이 있는 날이었지만 학생의 개인사정으로 갑작스레 수업이 취소된 어느 날이었다. 보강을 다시 잡아야 하는 번거로움은 잠시, 오랜만에 해가 떠 있을 때 귀가할 수 있음에 감사하며 차를 돌렸다. 돌아가는 차 안에서 나는 또 다짐한다.

'오늘은 화내지 않고 아이랑 열심히 놀아줘야지.'

현관문을 열기 위해 도어락에 손바닥을 올린다. 숫자들이 보이고 '삑삑삑삑' 비밀 번호를 누른다. 짧은 비밀번호를 다 누르기도 전에 문 반대편에서 아이의 함성과 함께 현관을 향해 뛰어오는 아이의 발소리가 들린다.

"와, 엄마다. 엄마."

아이는 TV에서 보던, 하루 종일 주인을 기다리던 강아지보다 더 반갑게 엄마를 맞이해준다. 내가 살아 있음이, 내가 엄마임이 더없이 행복해지는 순간이다.

평소 같으면 아이를 힘껏 안아주고 안방으로 들어갔을 나이다. 아이를 다시 만나기까지 나에겐 변명이 참 많다. '잠시만'이라고 말만 던져놓고 나는 옷을 갈아입는다. 씻고, 저녁 준비를 하면 나의 '잠깐'은 아이에게 영원과 같은 시간일 텐데 언제나 나는 같은 패턴이다. 그럴 때마다 아이는 내 그림자가 되겠다고 작정이라도 한 듯 내 뒤만 졸졸 따라다닌다. 대충 차린 저녁을 먹고 뒷정리를 하고 아이를 씻기고 나면 잘 시간이다.

엄마의 모든 것이 끝났다는 것을 알아차리고는 놀자며 달려오는 아이를 안아 곱게 눕힌다. 놀고 싶어 하는 아이를 억지로 재우고 나면 잠든 아이를 보고서야 미안함이 솟구친다. 하지만 다음 날이 되면 찾아올 피곤함이 미안함을 이겨내지 못한다. 매번 이런 상황의 반복이 찜찜했는데 오늘 그 미안함을 만회할 기회가 온 것이다.

옷도 갈아입지 않고 아이와 거실에 앉았다.

그림이라 말하곤 아무렇게나 낙서를 해대고 책을 산처럼 쌓았다. 한 권, 두 권, 열 권이 넘어갈 때까지 책 읽기는 계속된다. 엄마의 입 하나에서 할머니, 할아버지 목소리가 나오는 것을 더없이 즐거워하는 아이이다. 시끄럽게 책을 읽다 책 속에서 강아지를 발견했다. 읽던 책을 제쳐버리고는 벌떡 일어난다.

"엄마, 우리 강아지 만들어요."

서재 방으로 뛰어가 나도 몰랐던 색색의 점토를 챙겨 나왔다.

대충 몇 뭉텅이를 뜯어내더니 강아지를 만들어달랜다.

웬만한 일들은 평균 이상을 해내는 다재다능의 나라고 자부하지만 나를 더없이 겸손하게 만드는 것들이 있다. 그림 그리기, 만들기 등 손으로 하는 예술에 약한 나이다. 그래서 스스로 '똥손'이라 말하는데 아이가 강아지를 만들어달라고 한다.

'에라, 모르겠다.'

살짝 큰 동그라미 두 개를 붙여 머리와 몸이라 우기고 보색의 점토를 뜯어 머리에 눈, 코, 입을 붙여주었다. 내가 만들었지만 완성된 것을 내밀면 '이게 뭐지?'라고 고민할 것 같은 세상에는 없는 정체불명의 강아지가 탄생했다. 민망함은 나의 몫이라 생각했는데 아이는 진심에서 우러난 탄성을 지르며 엄지를 세워준다.

"와, 엄마. 강아지가 너무 귀여워요."

'잘 만들다'의 기준을 세상에 둔 나는 내가 만든 점토 강아지를 보며 '역시 나는 똥손'이라 말하는데 아이는 내가 무엇을 만들어내든 존재 그 자체만으로 귀하게 여길 줄 알고 감사할 줄 알며 기뻐한다.

아이의 한마디에 어깨 으쓱해진 나는 부엌으로 뛰어가 준비했던 방울토마토를 내밀었다.

"간식 먹고 놀자."

몇 알 되지 않는 그릇에서 방울토마토 두 알을 집어 들어 두 마리의 강아지 앞에 하나씩 내려놓으며 말한다.

"너희들도 간식 먹자. 맛있게 먹어."

생명이 있는 것과 없는 것, 살아 있음과 죽음을 아는 아이지만 그것이 아이에겐 중요치 않다. 그저 지금 내 곁에 있는 친구일 뿐이다.

그런 아이가 언제나 자신의 삶을 통해 엄마를 깨운다. 내 인생 최고의 멘토. 우리 집에서 살고 있는 이 꼬마 철학자의 예쁜 마음을 지켜주고 싶다.

모두모두 사랑해

"믿을 수 없어. 이거 고장 났네."

진짜이길 바라며 나도 모르게 툭 튀어나온 말이었다. 두 발을 올려놓고 처음 마주한 체중계의 숫자에 기절할 뻔했다. 하늘이 내려준 체질, 코끼리처럼 먹어대도 절대 넘지 않는다던 내 체중이 임계점을 한참이나 돌파해 있었다.

'흐르는 세월에 장사 없는 것인가? 나잇살이라는 것이 정말 존재한단 말인가?'

최근 옷을 입으면 지퍼를 올리기가 힘겹고, 단추를 채우면 벌어지는 옷 틈으로 어느 정도 살이 붙었을 거라 짐작했지만, 이 숫자는 결코 내가 상상할 수 없었던 세상의 것이었다.

생애 첫 다이어트를 시작해야 할 때이다.

경험 없는 자의 겁 없는 도전, 그냥 덜 먹으면 될 줄 알았다. 다이어트의 오랜 진리가 나만큼은 비켜갈 줄 알았다.

'다이어트는 언제나 내일부터.'

결심만 반복하는 다이어트로 고민 중이었는데, 때마침 동창들의 카톡방에서 만보 걷기가 시작되었다.

'혼자가 어렵다면 함께'

친구들의 실행력에 기대어보기로 했다. 늦은 저녁 시간, 하나, 둘 만보를 증명하는 인증샷이 카톡에 차례차례 올라왔다. 나의 만보계는 이제 겨우 3천 남짓, 시간은 9시를 넘어가고 있었다.

"이대로는 안 되겠어. 규림아, 나가자."

두 모녀는 운동화를 신고 곧장 밖으로 향했다.

경보하듯 뛰듯, 잰걸음으로 만보계의 숫자를 채워나갔다.

얼마나 뛰었을까? 머리와 등줄기에서 송골송골 땀이 솟는다는 게 느껴지는 그 순간, 갑자기 숨이 차올랐다. 어이없는 내 몸뚱이와 정신 상태에 실없는 웃음을 지으며 잠시 멈추며 숨을 골랐다. 나를 열심히 쫓던 아이도 속도 조절을 하며 느린 걸음으로 나에게 다가왔다.

그제야 눈에 들어오는 아이 뒤의 새빨간 장미들. 고개를 돌려 살피니 아파트와 놀이터 울타리가 내 주먹보다 큰 꽃을 피우며 장미 드레스를 입고 있었다.

'언제 이렇게 꽃이 폈지?'

세상을 향해 감았던 눈을 뜨며 가장 크고 붉은 장미로 다가가 코를 대어보았다.

"규림아, 여기 와서 장미향 좀 맡아봐. 향기가 너무 좋다."

익숙한 장미향, 알아도 맡을 때마다 기분 좋아지는 향기를 아이와 공유하고 싶었다.

낮게 핀 장미 앞으로 성큼성큼 다가서더니 조심스레 코를 들이밀었다.

"엄마, 장미한테서 예쁜 냄새가 나요."

"예쁜 냄새? 어떤 냄새가 나는 것 같아?"

"여기서 딸기 냄새랑 오렌지 냄새가 나요."

아이의 대답에 더 예쁜 향을 선물하고 싶어졌다.

"규림아, 우리 주말에 장미 공원 갈까? 거기엔 예쁜 장미가 더 많아. 규림이가 좋아하는 핑크핑크 장미도 있고, 하얀 장미도 있고……."

"엄마, 쉬잇."

아이는 주말 계획을 브리핑하는 나의 말을 끊으며 검지손가락을 세워 입으로 가져갔다.

"엄마, 이 장미들이 속상하겠어요. 우리 이 장미도 사랑해주고 그 장미도 사랑해주고, 모두모두 사랑해줘요."

나를
사랑하는 마음

모임을 함께하는 분들의 축하 자리가 있었다. 엄마 찬스를 쓸 수 없던 나는 아이와 동행을 했다. 축하 자리인 만큼 식사에 후식, 축하 케이크까지, 배를 든든히 채웠다.

케이크 두 판까지 말끔히 먹어치우고 넘치는 축하를 수다로 대신하고 집으로 돌아왔다. 이것저것 많이 먹었다 생각했는데 축하 수다가 너무 길었던 모양이다. 돌아오는 차 안에서 허기를 느꼈다. 맛있는 것이 먹고 싶은 날이었지만 늦은 시간, 무엇을 먹기 보단 얼른 들어가서 자는 것이 낫겠다 생각하며 속도를 높였다. 그런데 조용히 옆자리에 앉아 있던 아이가 내 생각을 읽기라도 한 듯 말했다.

식빵 사이를 삐져나온 양배추 한 올까지 흘리지 않고
연신 감탄의 소리를 내며 어찌나 맛있게 먹던지
어느새 나는 시청자 모드가 되었다. 토스트 하나로
세상의 행복을 온몸으로 만끽하는 모습이 귀여웠다.

"엄마, 맛있는 거 먹고 싶어요."

배고프다는 소리다. 역시 내 딸이다. 어쩌면 이렇게 이심전심 마음이 이렇게 잘 맞는 것인지. 어린 아이에게 일찍부터 어른들 음식 그냥 먹인다며 잔소리 듣던 엄마인데 오늘이라고 달라질 리 없다.

"집 앞의 호떡집에서 어묵이랑 떡 먹고 갈까?"

남아 있던 일말의 양심이 설탕 가득한 호떡을 선택 메뉴에서 제외시켰다.

"호떡 먹고 싶어요."

또래의 아이들과 달리 크게 떼쓰지 않고 무던히 커주는 아이가 유일하게 자신의 주장을 뚜렷이 하는 것이 있으니 그것은 먹거리들이었다.

"그래, 그럼 호떡도 먹고, 어묵도 먹고 떡도 먹어보자."

'살 걱정은 내일부터, 내가 원한 것이 아니고 아이가 원한 것'이라며 집 앞에 호떡집을 찾았는데 마침 호떡집 아줌마가 결석한 날이었다. 집으로 들어가는 길에 사들고 가려 했는데 불 꺼진 호떡집을 보고는 아이는 곧 울음을 터뜨릴 것만 같았다.

"차 세워놓고 다시 나오자."

차를 세워놓고 다시 아파트를 나왔다. 11시가 넘은 늦은 시간이었지만 먹거리를 사러가는 아이의 발걸음은 씩씩하다. 인적이 많은 곳으로 나와 주위를 돌아보니 작은 포장마차에서 토스트를 팔고 있었다. 어릴 적 엄마와 시장 갔을 때나 먹었을 것 같은 추억의 토스트.

토스트와 우유를 사들고 집으로 돌아왔다.

신발을 벗자마자 현관 입구에 주저앉아 토스트를 꺼내어 들었다. 하루 종일 굶은 아이마냥 어찌나 맛있게 먹던지 보는 것만으로 침이 돌았다. 나도 한입 베어 물었지만 아이가 먹고 있는 토스트가 더 맛있게 보였다. 그 순간만큼은 세상의 행복을 다 가진 모습이었다. 식빵 사이를 삐져나온 양배추 한 올까지 흘리지 않고 연신 감탄의 소리를 내며 어찌나 맛있게 먹던지 어느새 나는 시청자 모드가 되었다.

토스트 하나로 세상의 행복을 온몸으로 만끽하는 모습이 귀여워 아이에게 말했다.

"규림아, 너 정말 귀엽다. 넌 어쩜 이렇게 맨날 예뻐?"

뽀뽀 세례와 '귀엽다'를 남발하는 나에게 아이가 말한다.

"내가 좀 그런 것 같아."

2장

매 순간에 집중, 지금 행복하기

기분이 우울하면 과거에 사는 것이고,
불안하면 미래에 사는 것이며,
마음이 평화롭다면 지금 이 순간을 살고 있는 것이다.
노자

내가 있는 곳에 내 마음이 있어야 한다.
과거와 미래로 향해 있는 내 마음을 오늘,
지금 이 순간으로 붙잡아 올 수 있다면
삶은 행복으로 귀결된다.

지금을 선택하기

작정하고 책 읽어주던 날, 아이도 엄마의 결심을 알아차린 듯 수십 권의 책을 책꽂이에서 꺼내 내 옆에 차곡차곡 쌓아 올렸다. 아이도 무척이나 책이 고팠던 모양이다.

"엄마, 이거 다 읽어주세요. 전부요."

아이의 기분 좋은 목소리에 의욕 가득 읽기 시작한 책은 채 열 권을 넘기지 못하고 지겨워졌다. 몸을 틀어가며 몇 권의 책을 힘겹게 읽었다. 꽤 읽은 줄 알았지만 읽은 책보다 읽어야 할 책이 더 많았다. 크게 한숨을 쉬고 일 처리하듯 기계적으로 다음 책을 집어 들었다. 새롭게 집어든 책표지를 보며 나는 회심의 미소를 지었다. 나를 살려줄 책이라는 것을 직감했다. 핑크색

코끼리가 커다란 비눗방울을 부는 장면에서 아이는 작은 목소리로 중얼거렸다. 역시 내가 예상했던 그대로였다.

"나도 비눗방울 불고 싶은데……."

기다렸던 말이었다. 아이의 말이 끝나기도 전에 몸을 일으켰다.

"규림아, 나가자."

아이의 눈이 커지고 입이 귀에 걸렸다. 매번 핑계를 대며 요리조리 피하던 엄마를 아는 딸이기에 기대 없이 뱉은 말이라는 것을 알고 있다. 엄마의 대답이 바뀔까 얼른 일어나 현관으로 뛰어가 신발부터 신었다.

장난감통을 뒤적여 몇 개의 비눗방울 도구들을 찾았지만 모두 고장이었다. 일회용이 아닌데 매번 한 번밖에 쓸 수 없는 현실에 '돈 아깝다'는 생각이 절로 들며 나도 모르게 인상이 찌푸려졌다. 나의 표정을 살피던 아이의 얼굴도 함께 굳어가고 있었다.

"규림아, 비눗방울 기계들이 모두 고장 나서 비눗방울 액이랑 빨대뿐인데, 괜찮아?"

고개를 크게 끄덕이는 아이의 얼굴이 다시 환해진다. 내가 하는 말이 무슨 말인지 알아듣기나 했을까? 아이는 빨대로 비눗방울을 불어본 적이 없다. 불기만 하면 그냥 커다란 비눗방울이 되는 줄 아는 아이다.

커다란 생수병 크기의 리필용 비눗방울을 한쪽 겨드랑이에 끼고 한 손에는 빨대를, 한 손에는 아이 손을 붙들고 아파트 뒷마당으로 향했다.

바닥에 주저앉아 뚜껑을 열었다. 아이의 손에 들린 빨대가 용기 안으로 돌진한다.

'콕콕, 후'

양 볼에 바람 가득 넣어 힘껏 불어보았지만 아이의 빨대 끝에서는 비눗방울이 만들어지지 않았다. 고개를 갸웃거리던 아이는 내 손에 들려있는 더 큰 빨대를 뺏어 들고는 얼굴이 빨개질 만큼 힘을 주어 불었다.

'후우'

아주 작은 비눗방울이 하나, 둘 만들어졌다.

예전엔 손가락만 누르면 커다란 비눗방울이 수십 개씩 흘러나왔다. 커다란 비눗방울을 너무 쉽게 만들어봤기 때문일까? 콩알보다 더 작은 비눗방울이 성에 차지 않는 모양이었다.

"엄마, 비눗방울이 안 나와요."

빨대를 받아들고 비눗방울을 불어보았다. 몇 번을 불고야 알았다. 빨대로 만든 비눗방울은 가볍게, 천천히 불어야 더 잘 만들어졌다. 아이에게 천천히, 약하게 불어보라고 알려주었다.

'후'

천천히 불고 있어도 입술 끝에 잔뜩 들어간 힘은 좀처럼 빠지질 않았다.

"규림아, 촛불 불 때처럼 천천히."

아이의 볼이 빵빵해졌다. 아이는 촛불을 끌 때도 온 힘을 주어 분다는 것을 그제야 알았다. 계속되는 실패에도 굴하지 않고 반복되는 시도 끝에 한 번의 호흡으로 여러 개의 비눗방울이 빨대 끝에서 미끄러지듯 쏟아졌다.

"와, 된다. 된다. 많이 나와. 우와."

엄마의 호들갑에 아이의 어깨는 한껏 올라갔고 재미가 더해졌다. 쪼그려 조심조심 비눗방울을 불고 있던 아이가 벌떡 일어났다. 방법을 익히고 자신감이 생겼는지 빨대를 들고 뛰어다니기 시작했다. 뚜껑을 열고 바닥에 세워둔 비눗방울 통이 아슬아슬해보였다.

뛰어다니던 아이는 걸음을 멈추고 쏟아진 비눗방울
곁에 쪼그리고 앉았다. 빨대를 바닥에 톡톡 두드렸다.
이미 벌어진 일을 두고 아쉬워하는 엄마와 달리
아이는 벌어진 상황에서 즐길 수 있는 방법을 찾았고
엄마로 인해 깨어질 수도 있었던 우리들의
행복한 시간을 이어갔다.

"규림아, 비눗방울 통 넘어지지 않게 조심해."

'네'라고 대답은 했지만 내 시선에는 아랑곳하지 않고 아이는 앉았다 일어났다를 반복하며 아슬아슬하게 통을 비켜 뛰어다녔다. 불안한 마음에 몇 번 더 주의를 줬지만 스스로 만들어낸 커다란 비눗방울에 감동했는지 하늘로 날아오르는 비눗방울을 쫓아다니기만 했다. 엄마의 말에 뛰어다니면서도 흘끔거리며 의식했던 통은 어느새 사라지고 이곳엔 아이와 비눗방울만이 남은 것 같았다. 깔깔거리며 웃고 뛰는 아이의 모습에 홀려 내 눈도 어느새 아이를 향해 있었다.

'퍽'

정신없이 뛰어다니던 아이는 결국 비눗방울 통을 피하지 못하고 그대로 차버렸다. 통이 넘어지며 비눗방울 액이 바닥으로 한가득 흘렀다. 얼른 뛰어가 통을 바로 세웠지만 이미 절반이나 쏟아진 후였다.

"규…림…아……."

'조금만 조심해주지, 왜 엄마 말을 안 들어서.'

아이의 이름을 부르는 것만으로 모든 것을 느낄 수 있는 외침에 가까운 소리였다. 그렇게 주의를 주었음에도 쏟아져버린 비눗방울이 아깝기만 했다.

나의 안타까움과 탄식에 가까운 외침이 무색할 만큼 아이는 해맑게 웃었다. 뛰어다니던 아이는 걸음을 멈추고 쏟아진 비눗방울 곁에 쪼그리고 앉았다. 빨대를 바닥에 톡톡 두드렸다.

'후'

좀 전과 똑같은 비눗방울이 만들어졌다.

이미 벌어진 일을 두고 아쉬워하는 엄마와 달리 아이는 벌어진 상황에서 즐길 수 있는 방법을 찾았고 엄마로 인해 깨어질 수도 있었던 우리들의 행복한 시간을 이어갔다. 우리는 그렇게 한참이나 반짝반짝 동그란 세상을 만들었다.

적당한 때는 언제나 지금

일이 늘어난 건인지, 시간 관리가 되지 않고 있는 것인지 나도 잘 모르겠다.

책을 구매하는 속도와 책을 읽어내는 속도의 차가 크지 않았던 내가 언제부터인가 집안 구석구석에 책 탑을 만들어가고 있다. 완독한 책들만 책장의 자리를 허락하는 내 성격상 아직 읽지 않은 책들을 책장에 꽂는 건 심각한 반칙이다.

읽지 못한 책이 책상 위를 점령할 때면 쌓여가는 높이만큼 신경이 쓰이곤 했다. 책 탑이 높아진다 싶으면 밤새 책을 읽어 책상을 비우곤 하던 나였다. 어쩌면 그것이 내가 지속적으로 책을 읽는, 나만의 긍정적 압박 독서법 중 하나일지도 모른다.

10년이 넘게 구매와 독서의 속도를 잘 맞추던 내가 최근 책상을 넘어 식탁과 바닥까지 책을 쌓기 시작했다. 비어 있음에도 끝내 책장으로 들이지 못하는 나의 요상한 성격에 집안 구석구석이 책으로 점거되기 시작했다. '잠깐'이라 생각했던, 순간의 외면으로 만들어진 책의 높이는 생각보다 큰 스트레스로 다가왔다. 책이 보내는 사인이 불편해 모른 척하려 했지만, 앉고 눕는 곳마다 모든 책들이 나를 향해 레이저를 쏘아댔다. 눈 한 번 감고 책장에 모두 꽂아버리면 쉽게 끝날 일이었지만 오랫동안 지켜온 나만의 규칙은 쉽게 무너지지 않았다. 한 번의 예외가 만들어낼 나비효과를 누구보다 잘 아는 나였다. 고민해도 답은 하나라는 것을 알기에 밀린 책을 읽어내자 마음먹었다. 우유부단 내 삶에 가장 빠른 결단이었지만 백일을 넘긴 지금도 쉽지 않은 아침잠 한 시간 줄이고 책읽기, 나의 모닝독서는 그렇게 시작되었다.

일요일이 아침, 졸리는 눈을 부비며 반강제적 모닝독서를 시작했다. 일요일이라 작정하고 읽으면 책 한 권은 읽어낼 수 있을 것 같았다. 커피 한 잔을 타서 식탁에 앉았다. 달큰한 커피향과

살아 있는 글들이 나의 잠든 세포 하나하나를 두드려 깨웠다.

아직 동이 트지 않은 일요일 새벽, 책을 펼치고 앉아 있는 내 모습에 스스로 흐뭇해하며 책 안으로 천천히 빨려 들어가고 있었다. 연필로 밑줄을 긋고 나의 생각을 책 구석구석에 남기며 작가와 필담을 나누고, 필사를 위해 포스트잇도 붙여가며 나만의 책 여행에 가속도가 붙으려던 그때, 안방 문이 열렸다. 좁은 문틈 사이로 작은 머리 하나가 불쑥 튀어나왔다. 나와 눈을 마주친 아이는 울음을 터뜨렸다. 주말이라 늦잠 재우고 책을 읽으려던 완벽했던 계획은 허무하게 끝나 버렸다. 아이를 다독이며 안았다. 아이를 안고 다시 책을 읽어보려 했지만 눈으로 읽은 글은 머리로 전달되지 않고 공중으로 흩어졌다. 이른 시간이라 다시 잠들 줄 알았던 아이는 두 눈은 점점 더 또렷해지고 있었다.

'망했다.'

시간 개념이 완벽하지 않은 아이의 중구난방 모닝 수다가 시작되었다. 주중에 있었던 일들이 마치 어제의 이야기인 듯, 끝이 보이지 않는 일상 복기 수준의 수다타임은 어느새 어린이집 놀이터에서 일어난 일까지 이어졌다. 친구들과의 놀이를 이야기

하던 아이의 비논리는 어이없는 결말을 맺었다.

"엄마, 그네 타러 가요."

"그래."

어린이집 놀이터 이야기를 하다 그네가 타고 싶다며 현관으로 달려가 신발을 챙겨 신는 아이의 모습에 멍해졌다.

"엄마, 엄마."

아이의 큰 소리에 정신이 돌아왔다. 찰나의 순간, 무슨 일이 일어난 건지…….

난 그저 책을 읽고 있었을 뿐인데 어느새 아이는 신발을 챙겨 신고 현관에서 나를 불러대고 있었다. 돌이키기엔 늦었음을 직감했다. 순순히 아이를 따라나섰다. 현관문이 열리자 아이는 활을 떠나는 화살처럼 튕겨 나갔다. 빠르게 뛰어나간 아이는 엘리베이터 단추를 누르고 나를 향해 손짓했다.

아이의 손을 잡고 엘리베이터에 탄 나는 깜짝 놀랐다. 순식간에 일어난 일에 쫓기듯 나선 아침 산책길이었다. 거울 속엔 추레한 잠옷 바람의 두 모녀가 귀신 산발을 하고 서 있었다. 아이를 흘깃 내려다보았다. '문만 열려라'라는 듯 발을 동동거리며 튀어나갈 준비를 하고 있었다.

'에라, 모르겠다. 이른 시간인데 누가 볼까. 아는 사람도 없는데 뭐.'

이렇게 엄마가 되어 가나 보다 생각했다. 귀신같은 모녀는 엉키고 눌린 머리를 한 채 놀이터로 향했다.

평소 놀이터에 가려면 씻고 준비하기까지 최소 한 시간 삼십 분은 족히 걸리던 모녀이다.

오늘 집을 나서는데 걸린 시간은 단 1분. 복장이 편안하니 제재가 없다. 모든 것이 자유롭다. 작게만 느껴지던 놀이터가 오늘은 유달리 넓어 보인다. 바닥을 뒹굴거려도, 흙을 만져도 만사 오케이. 그렇게 실컷 놀고 동네 시장에 들러 장까지 보고 돌아오는데 걸린 시간은 단 두 시간이면 충분했다.

"엄마, 오늘 완전 재미있었어요."

'무언가를 해야겠다 싶을 땐 이렇게 하는 거구나.'

잠옷 차림에 산발을 하고 현관문을 열 수 있는 마음, 적당한 때란 언제나 무언가 떠오른 그 순간, 바로 지금이다.

비오는 날은 기쁨 두 배

'믿어요. 소망을, 사랑을, 용서를.'

나의 다짐이 담긴 알람 소리가 밤사이의 정적을 깨고 아침을 알렸다. 아이가 깰까 얼른 몸을 일으키고 알람을 껐다.

'타닥타닥'

빗방울이 유리창을 두드리는 소리가 들려왔다.

'아, 비가 오네. 하필 오늘…….'

차수리가 필요해 어제 차를 맡겼다. 다시 찾으러 가기 귀찮아 오늘 아이를 등원시켜 놓고 찾으러 가려 했는데 하늘은 나의 게으름을 어찌 이리도 잘 아는 것인지.

쌀쌀한 날씨에 가방과 보조가방, 노트북까지 메고 아이와 어린

비 오는 날을 걱정하던 나와 달리 비가 와서 설레는
아이의 모습에서, 온통 핑크로 깔맞춤을 하고는
더없이 행복해하는 모습에서 지금을 살아가는
마음을 배운다.

이집까지 걸어갈 생각을 하니 내리는 빗소리가 달갑지 않았다.

난항이 예상되는 아침 등원길, 차도 없는데 비까지 오고 있어 평소보다 이른 출발을 해야 할 것 같았다. 서둘러 준비를 하고 아이를 깨웠다.

고양이 세수를 시키고 식탁에 앉았다.

“규림아, 오늘 비가 와서 조금 일찍 나가야 할 것 같아. 밥 먹고 옷은 규림이가 입어줄 수 있을까? 그동안 엄마도…….”

“오예.”

나의 말이 채 끝나기도 전에 환성을 지르는 아이. 어리둥절했다.

“오늘 뽀로로 우산이랑 핑크핑크 신발 신을 게요.”

노란 장화가 작아져 며칠 전 핑크색 장화를 사두었다. 비 오는 날 신자고 했던 말을 여태 기억하고 있었던 모양이다. 흥얼거리며 혼자서 밥을 먹고 낑낑거리며 옷을 입으면서도 얼굴은 기대 그 자체이다.

딸의 자발적 도움으로 아침 전쟁 없이 나도 준비를 마칠 수 있었다. 옷을 갈아입고 방을 나서니 아이는 이미 완벽한 준비를 하고 현관에서 대기 중이었다. 연한 핑크 티셔츠에 진분홍 장화, 빨강에 가까운 핑크색 뽀로로 우산에 평소 메지도 않던 핑크색 보조가방까지. 핑크로 깔맞춤 풀 장착을 하고 대기 중이었다. 방을 나서는 나를 뚫어져라 쳐다보고 있는 아이의 눈은 나의 칭찬을 기다리고 있었다.

"우와, 예쁘다."

대꾸가 없다. 기다리던 대답이 아니었나 보다.

"규림아, 핑크나라 공주님 같아."

"내가 좀 예쁘잖아요."

평소와 달리 사뿐사뿐 걷는 아이의 걸음에서 우아함과 행복이 느껴진다.

비가 와 주었기에 핑크나라 공주님이 될 수 있었던 아이.

비 오는 날을 걱정하던 나와 달리 비가 와서 설레는 아이의 모습에서, 온통 핑크로 깔맞춤을 하고는 더없이 행복해하는 모습에서 지금을 살아가는 마음을 배운다.

"그래, 비가 오는 날은 두 배로 예뻐지는 날이야."

소확행

최근 미디어나 SNS에서 유행어처럼 번지고 있는 단어 '소확행'.

'나는 오늘 행복하다.'라며 경쟁적으로 올리는 사진과 글에서 행복하기 위해 애쓰는 모습이 느껴져 행복이 느껴져야 할 단어에서 안타까움을 느끼고 있던 나였다.

바깥에서 저녁을 해결하고 돌아오는 길, 딸이 집과 반대 방향으로 내 손을 잡아끈다. 그 손을 따라가면 길 끝에는 편의점이 있다. 외식을 하는 날이면 으레 편의점을 들르는 아이. 모른 척 힘주어 집으로 끌고 갈 수도 있지만 밥하기 싫어 외식을 하고 내 맘대로 메뉴를 선정한 날이기에 힘을 빼고 아이가 이끄는 대로 따라가며 물었다.

"규림아, 지금 어디 가는 거야?"

"마트요."

"거긴 왜 가는 건데?"

"꼭 사야 할 게 있어요."

"뭐?"

"초코 과자요."

"몇 개 필요해?"

"하나요."

편의점에 도착 전 협상 완료. 편의점에 들어서서 나는 곧바로 계산대로 향했다. 내 손을 놓고 과자를 찾아나선 아이는 장난감 코너에서 잠시 멈추었지만 이내 걸음을 옮기고 동물그림이 가득 그려진 '칸쵸'를 들고 왔다.

과자를 품에 안은 아이는 집으로 돌아오는 길 구석구석에 미소를 한가득 뿌려놓았다.

현관문이 열리기 무섭게 신발을 벗고 거실 중간에 주저앉은 아이는 과자를 내밀었다.

과자를 얻고 먹는 기쁨에 그치지 않고 거기에
스스로 행복을 찾고 더할 줄 아는 아이를 보며
소확행을 다시 배운다.

과자 하나하나에 사랑 듬뿍, 행복 가득 채워 야무지게 먹는 딸을 보며 며칠 전 보았던 '소확행'이라는 단어가 떠올랐다.

"엄마, 과자 가운데 초콜릿도 있어요."

반을 깨물어 초콜릿을 확인하고 혀끝으로 남은 반쪽을 가져간다. 실선 같은 초코를 혀끝으로 느껴보고 있었다.

"달콤해."

과자 하나하나에 그려진 그림과도 이야기를 나누기도 하고, 좋아하는 그림이 나오면 과자에 뽀뽀를 했다. 낯선 그림에는 이름을 붙여주고 그림에서 발견한 하트를 발견할 때면 다급하게 나를 불러 보여준다. 그리고 손가락으로 하트를 만들어 나에게 내민다.

과자 하나로 혼자만의 달콤한 놀이에 빠진 아이. 아이는 과자 하나로 충분했다.

'칸쵸' 속에 몇 개의 과자가 들어 있는지는 모르겠지만, 아이는 상자 속 과자의 개수만큼 행복해 했다.

과자를 얻고 먹는 기쁨에 그치지 않고 거기에 스스로 행복을 찾고 더할 줄 아는 아이를 보며 소확행을 다시 배운다.

과자 하나에도 관심을 주고 자세히 들여다보면 그 속에 행복이 숨어 있다. 살피고 더 깊숙이 관찰하면 발견하게 되는 숨어 있는 일상의 많은 행복들.

행복은 관심으로 발견하고 찾아 꺼내는 자의 몫인가 보다.

아파트가 좋아

'날도 좋은데 오랜만에 걸어볼까?'

늘 자동차로 등하원을 시키고 있었지만 오랜만에 만난 따뜻한 햇볕에 아이와 걸으며 데이트하면 좋겠다는 생각이 들었다. 차를 두고 계절을 느끼며 천천히 걸었다.

어린이집에 도착해 아이를 불렀다. 언제나 그렇듯 세상 가장 밝은 얼굴로 '엄마'를 큰소리로 외치며 뛰어나온다. 아이의 분위기에 맞춰 오랫동안 만나지 못한 사람처럼 호들갑을 떨며 아이의 이름을 연신 불러댄다. 그렇게 우린 세상 가장 시끄러운 상봉의 시간을 가지고 어린이집을 나섰다.

아이와 손을 잡고 동네 구석구석을 구경하며 천천히 집으로 향했다. 차를 타고 다니긴 했지만 아침, 저녁으로 매일 다닌 길이라 익숙하다 생각했는데 저 멀리 낯선 건물이 보였다.

차를 타고 다니는 동안 발견하지 못했던 아파트 몇 채가 덩그러니 올라 있었다. 혼잣말로 중얼거렸다.

"언제 또 아파트가 올라갔지?"

"……."

"아, 나는 마당 넓은 집에서 살고 싶다."

혼잣말처럼 중얼거렸다. 아이가 내 말을 받았다.

"나는 아파트가 좋아."

뜻밖의 대답이었다.

"규림아, 아파트가 좋아? 왜 아파트가 좋아? 엄마는 마당 넓은 집에서 규림이랑 하늘 보며 살고 싶은데."

엄마의 욕망이 가득 담긴 대답이었다. 이어진 아이의 답은 내 말을 주워 담고 싶게 했다.

"왜냐면 말이지, 아파트는 높이 올라갈 수 있어. 아파트에 가면 하늘과 가까워져."

"응? 뭐라구?"

"아파트에 살면 하늘 가까이 갈 수 있으니까 나는 아파트가 좋아."

특별한 이유 없이 마당 넓은 집을 선호했던 나였다.

당장 두 평 내 방도 청소하기 귀찮아 미루고 미루던 내가 마당 넓은 집은 어떻게 관리하려고 했던 걸까?

아파트는 답답하다고 각박하다는 세상 사람들의 이야기가 나의 이야기라 생각했다. 타인의 욕망을 학습했다는 것을 알아차렸다. 다른 사람의 성공 조건이 나에게도 스며들었나 보다. 이유 없는 마당 넓은 집을 나도 모르게 중얼거리고 있었다.

그래. 아파트도 좋다.

하늘을 바라보며 누울 수 있는 마당 있는 집도 좋지만, 하늘과 조금 더 가까워진 지금 아파트는 더 좋다.

민들레

"엄마, 엄마. 민들레에요."

길 한구석에 핀 조그만 민들레를 언제 발견했는지 내 손을 놓고 달려가며 외친다.

달려가는 아이의 뒷모습만 봤을 뿐인데 얼굴에 그려진 완벽한 스마일 표정을 본 것만 같다.

민들레를 향해 몸을 땅까지 내려 민들레와 눈높이를 맞춘다. 언제나 나보다 먼저 세상이 준비한 일상의 선물을 발견하는 아이를 보며 생각한다.

'마음의 눈을 뜨고 있으니 노력하지 않아도 아름다운 것들이 눈으로 다가오나 보다.'

민들레가 바람을 타고 씨앗을 뿌려 또 다른 민들레를
피운다는 이야기에 아이는 그날부터 민들레를 만나면
몸을 바닥까지 낮추고 민들레와 대화한다.
그리고 따뜻한 입김을 불어준다.

처음 민들레를 마주한 날, 손으로 콕콕 찔러보는 아이를 대신해 민들레를 떼어서 '후' 하고 불어주었다. 엄마의 입김에 날아가는 민들레가 신기한지 연신 '우와'를 내뱉던 아이는 날아가는 민들레가 비눗방울이라도 되는 양 붙잡으러 달려갔다. 사라져버린 민들레를 아쉬워하며 나에게로 돌아오는 아이를 향해 두 번째 민들레를 얼른 불어주었다. 더 크게 웃으며 기뻐할 줄 알았던 아이의 얼굴에서 표정이 사라지고 있었다.

"규림아, 왜 그래?"

"엄마, 풀도 나무도 떼면 아프잖아요. 그런데 그 아이를 떼고 옷도 벗기면 어떡해요?"

평소 나뭇잎 하나, 꽃 한 송이도 생명이 있는 거라며 눈으로만 보라고 가르치던 내가 민들레를 처음 만나 신기해하던 아이의 표정에 흥분해서 민들레를 꺾어버렸다.

몇 달 전 하브루타를 통해 배웠던 민들레의 이모저모를 설명했지만 결국 변명이다. 민들레를 꺾어도 되는 이유는 없다. 구차한 변명을 멈추고 말했다.

"엄마가 잘못했네. 민들레도 꺾으면 아플 텐데. 미안. 엄마가 잘못했어. 이제부터 우리 민들레 꺾지 말고 불기 해볼까?"

민들레가 바람을 타고 씨앗을 뿌려 또 다른 민들레를 피운다는 이야기에 아이는 그날부터 민들레를 만나면 몸을 바닥까지 낮추고 민들레와 대화한다. 그리고 따뜻한 입김을 불어준다.

의식적인 노력으로 바로 서려는 나는 언제나 제자리걸음이다. 그런 엄마를 아는지 아이는 오늘도 자신의 언어와 행동으로 나를 깨운다.

보고 싶은 것만 보고, 잘 살아보겠노라며 세상을 향해 눈감아버린 나.

나의 눈을 다시 뜨게 하는 아이.

아이 덕분에 다시 만난 세상은 매일이 봄 소풍이다. 보물찾기가 한창 진행 중인 날들의 연속이다.

행복은 언제나 내일이 아닌 '지금'임을 아는 아이를 통해 세상이 나에게 주는 즐거움을 하나, 둘 찾고 있는 요즘의 나는 내 인생의 황금기를 만들어가고 있다.

'작은 것에 감사할 때 비로소 큰 감사가 찾아온다.'

자주 말하면서도 종종 잊어버리는 엄마를 위해 감사를 선물

하고 삶의 재미를 발견하는 아이 곁에서 나는 오늘도 행복을 채워간다.

'천천히'의 매력

'빨리 빨리'

나는 한국인이다. 길은 가고자 하는 곳을 향해 빠르게 도착하기 위해 이용되어지는 도구일 뿐이다. 시간 절약을 위해 지름길만을 찾는 나에게 세상이 눈에 들어올 리 만무하다. 나는 보고도 보지 못하는, 필요한 것만 보는 '선택적 지각'을 하는 사람이다. 그런 나에게 '천천히'의 미덕을 알려준 사람이 있다.

'빨리 빨리'

내가 아무리 외쳐도 내 속만 타들어갈 뿐이다. 미숙한 몸놀림은 노력한다고 해결되지 않는, 느린 것이 당연한 5살 아이. 타들어가는 내 마음을 인내로, 초연함으로 위로하기보다 아이의 속도에 맞추어 살기로 마음먹으며 의식적인 속도 조절을 시작했다.

'슬로, 슬로'

햇살 좋은 주말 오후, 아이는 외할머니 집을 찾았다.

좁은 골목이 흔하지 않은 요즘, 각기 다른 모양의 집들이 좁은 골목을 사이에 두고 위치해 있는 것이 신기한 모양이다. 아이는 나의 손을 이끌고 골목을 누비기 시작했다. 오랜 시간 지내왔던 곳이지만 오랜만에 돌아본 골목은 나에게도 낯설었다. 오래된 집들이 많아 허름했던 골목에 새 집이 몇 채 들어섰고, 주택을 개조한 이색 카페까지 생겨났다. 생기를 잃었던 골목은 낯선 집들이 자리를 잡으며 옛것과 새것이 공존하는 이색적인 분위기를 풍겨내고 있었다. 그렇게 나는 아이를 가이드 삼아 골목 여행을 떠났다.

"하나, 둘, 셋, 넷……."

골목 구경을 하던 내 손가락은 어느새 새로 지어진 집으로 향해 있었다.

"와, 이 집은 월세로 월급 나오겠네."

부러움 가득 담은 나의 손가락은 집을 옮겨가며 숫자놀음을 계속했다.

"하나, 둘, 셋, 넷. 2층만 방이 네 개네. 1층에도 있는 것 같은데……."

이 집에서 저 집으로, 저 집에서 그 집으로, 나의 골목 여행은 어느새 부동산 여행이 되어 있었다.

나의 목은 한껏 뒤로 젖혀지고, 눈은 햇빛과 마주했다. 반짝이는 태양빛에 눈이 시큰거렸다. 정면으로 마주한 태양빛에 눈을 뜰 수 없을 정도임에도 미간에 깊은 주름을 잡아가며 바라본 곳이 있었으니 그곳은 가장 최근에 지어진 3층 집이었다.

"하나, 둘, 셋, 넷, 다섯, 여섯……."

숫자가 더해질수록 부러움은 커져갔다.

'전생에 나라를 구한 사람들일까?'

세상의 유혹에 대책 없이 흔들리며 내 삶의 비하로 이어지려던 찰나 아이의 목소리가 먼 세상 속의 나를 지금으로 끌어왔다.

"엄마, 이것 좀 보세요. 이게 뭐에요?"

좁은 골목이지만 집을 보는 것만으로도 주인들의 성향이 보였다. 활짝 열린 대문, 크고 작은 꽃 화분들로 가득 채운 마당의 집이 있는가 하면 내 집 담벼락에는 작은 흠집도 허락지 않겠다며 가뜩이나 좁은 골목인데 벽을 둘러 돌이나 물통 등을 세워둔 집들도 있었다.

아이는 그 집 사이 어디쯤엔가 서서 작은 화분을 가리키고 있었다. 아이보다 살짝 작은 화분에는 나른함과 평온함을 지닌 나무 한 그루가 자라고 있었다. 탱글탱글하고 반짝이는 연두빛 열매를 매달고 있는 나무는 마치 기지개를 켜고 있는 모습이었다.

대추라기엔 열매가 동그라미에 가깝고, 사과라기엔 나무가 아담해 보였다 .

'뭐지?'

선뜻 대답하지 못하고 갸웃거릴 때 집 안쪽에서 어르신의 목소리가 들려왔다.

"사과나무란다."

같은 골목에서 세상을 향해 질주하려는 나에게 아이는 소크라테스가 되어주었다.

'소크라테스와 사과'

지나온 시간은 되돌릴 수 없다.

눈 돌려 다시 마주한 골목에는 화창한 봄이 다가오는 여름을 향해 노래를 부르고 있었다.

지금 떠날 수 있는 동네 여행

새벽시간, 책을 읽으려 몸을 일으켰다. 책을 펼쳤지만 잠이 나에게서 떠나려 하지 않았다.

'몇 장이나 읽은 거지?'

책을 뒤적이며 정신 차려보려 했지만 몸이 주말을 알아차린 건지 눈꺼풀은 더 무거워졌다.

'일요일이니까…….'

주말을 핑계로 아이 곁에 다시 몸을 뉘었다. 잠시 졸았다 생각했는데 시곗바늘엔 주말이라는 핑계가 통하지 않았다.

'격렬하게 아무것도 하고 싶지 않다.'

혼자라면 가볍게 생략해버렸을 아침 식사, 혼자였다면 사라지고 없을 일요일 오전 시간을 아이 때문에 강제로 찾아야만 했다. 젖은 스펀지를 껴입은 것 같았다. 몸을 일으키며 아이에게 물었다.

"규림아, 아침 뭐 먹고 싶어? 밥? 빵?"

답이 뻔한, 다분히 의도적인 질문으로 아침을 해결하며 나는 승리의 미소를 띠었다.

달큰하고 부드러운 빵 냄새와 정신을 찾게 하는 커피향에 기분이 좋아졌다.

모녀의 쟁반에는 빵 몇 개, 커피 한 잔, 우유 하나로 그럴싸한 조식이 차려졌다.

머리는 질끈, 슬리퍼에 잠 옷, 그 위에 걸쳐 입은 겉옷 하나.

'호텔 조식이 별거야? 이게 호텔 조식이지.'

빵집에서 만 원으로 여행지에서의 아침을 흉내 내며 서로가 만족하는 아침, 커피와 우유로 건배하고 오늘 무엇을 하며 보낼지 이야기 나누니 그 순간만큼은 누구도 부럽지 않았다.

끊이지 않은 대화, 한참 이야기를 이어갔다.

'언제 이렇게 컸지?'

아기인 줄 알았던 아이와 마주 앉아 이야기를 주고받다 보니 신기하면서도 헛헛한 마음이 일었다. 왠지 중요한 시간을 통째로 생략당한 것 같은 기분이었다.

이 시간, 다시 오지 않을 단 한 번의 기회이기에 육아의 고통이 아닌 성장과 기쁨의 시간이 되도록 매 순간을 '진하게 느껴야지' 생각했다.

기분 좋은 브런치 후 나도, 딸도 집으로 곧장 들어가고 싶지 않았다. 언제나 테이블과 의자가 준비되어 있는 집 앞 백화점으로 향했다. 오픈도 하지 않은 백화점 앞에서 시원한 바람 맞으며 시간을 보냈다. 의자 끝에 엉덩이를 걸치고 등받이에 몸을 눕히듯 기대어 앉아 온몸으로 바람을 맞았다.

백화점에 갈 것도 아니었고, 백화점에 들어갈 차림새도 아니었지만 우린 그곳에 자리를 잡았다. 발끝으로 춤을 추고 노래도 했다. 백화점 기둥과 나무들이 좋은 은신처가 되어주어 술래잡기도 하며 한참을 놀았다.

시원한 바람이 있고, 넓은 공터가 있고, 예쁜 벤치가 있다. 조식도 먹었다.

'여행이 별거야?'

'나중에', '다음에'가 아닌 지금 떠날 수 있는 여행.

우리는 그렇게 일요일 아침 동네 여행을 다녀왔다.

오늘도 파티

'토요일, 일요일, 월요일…….'

주말부터 아이의 생일 파티가 이어졌기에 생일 당일에는 롤 케이크 하나 사서 촛불만 끄기로 했다. 주말부터 매일이 생일이었기에 촛불만 불면 될 줄 알았는데 막상 넓은 상에 롤 케이크 하나 올려놓으니 미안해졌다.

'과자랑 과일이라도 좀 살 걸 그랬나?'

집 앞 편의점이라도 가볼까 하던 찰나 초에는 불이 붙었다.

큰 소리로 생일 축하 노래를 부르고 힘껏 초를 불었다. 꺼진 초에서 꼬물거리는 연기가 피어올랐다. 연기가 사라지기도 전에 아이가 말했다.

"엄마, 이제 쭈나 차례."

다시 초에 불이 붙었다.

자기보다 두 살 어린 사촌 동생의 생일 축하가 끝이 나고 거실에 불을 켜려는 순간,

"엄마, 이제 할머니요."

우리는 또다시 노래를 불러야했다.

할머니에서 이모들, 엄마 등 그 자리에 있던 모든 사람의 릴레이 생일 축하 송을 마치고야 불을 켤 수 있었다.

"맛있겠다. 케이크 먹자."

다시 자기 차례라고 말하려는 아이의 말을 내 소리로 덮어 버렸다. 중간에 끊지 않았으면 돌림 노래로 하루 종일 파티를 할 뻔했던 딸의 생일 날.

아이의 생일파티에는 커다란 케이크나 상다리 부러질 것 같은 생일상이 필요치 않았다. 아이에게선 어떠한 섭섭함이나 아쉬움도 느낄 수 없었다. 그저 즐겁고 행복할 뿐.

그저 불어 끌 수 있는 초 하나, 신나게 노래 불러줄 사람만 있

아이의 생일파티에는 커다란 케이크나
상다리 부러질 것 같은 생일상이 필요치 않았다.
아이에게선 어떠한 섭섭함이나 아쉬움도
느낄 수 없었다. 그저 즐겁고 행복할 뿐.

으면 매일이 생일인 아이.

우리의 파티는 다음날도, 그다음날도 계속되었다.

3장

배려와 감사, 그 깊은 마음으로

흙 한 줌보다 훨씬 많은 것을 소유하고 있는
내가 과연 제대로 된 꽃 한 송이라도 피워낼 수 있을지……

누군가에게 작은 의미 담을 수 있는,
꽃 한 송이 피우는 삶이 되길 소망해본다.

나를 위한 배려, 내 마음 알아주기

"핑크 치마 입을게요. 머리는 언니 머리로 묶어주세요. 신발은 구두 신을래요."

해가 바뀌고 5살이 되었다.

어떤 기준으로 세워졌는지는 알 수 없으나 아이에게 4살은 아기, 5살은 언니였다. 아이는 나이를 한 살 더 먹고 스스로 언니가 되었다고 생각하는 듯했다. 엄마가 내밀고 권하는 사소한 것들도 거절하고 '나는 이것을 하겠노라' 의사를 분명히 밝혔다.

'스스로 선택하고 결정하는 것들이 자립의 자양분이 되어주겠지.'

생각하고 마음을 추슬러보지만 과하다 싶을 때가 많았다.

어린이집 등원을 위해 목걸이, 귀고리, 반지에 머리핀으로 온몸을 휘감는 것으로 모자라 본인이 마음에 드는 액세서리까지 가방에 한가득 담아야 만족한 듯 일어났다.

분주한 아침에 예쁘지도 않은, 치렁치렁한 모습을 하느라 출발 시간이 늦어졌다 생각하니 살며시 짜증이 밀려온다. 하지만 아이의 표정에는 당당함과 기쁨이 넘친다. 한껏 꾸민 자신의 모습에 만족해하는 아이의 얼굴은 나를 돌아보게 한다.

언제나 '좋은 게 좋은 거'라며 내 뜻보다는 다른 사람들의 의견을 따르는 것이 버릇처럼 되어버린 나였다. 타인의 선택을 쫓아가며 내 생각인 양 살다 보니 그것이 편해졌고 급기야 사소한 선택도 어려워졌다.

'너 좋을 대로, 아무거나 상관없어.'

습관이 되어버린 생각과 말에는 내가 없었고, 정말 어떠한 것도 상관없는, 무엇에도 일희일비하지 않는 무덤덤한 사람이 되어가고 있다.

'아메리카노? 라테?'

한 잔의 커피 주문도 망설이고, 매일 아침 내가 입을 옷 하나고르는 것마저 어려워졌다.

'털털한 성격, 적이 없는 사람'

성격 좋은 사람이 되어버리고 나니 이젠 가끔 생기는 내 의견을 피력하기도 어렵다.

좋은 사람이라는 말 뒤에 숨겨진 잘못된 배려. 모두를 의식하는 커다란 배려 속에 정작 나는 없다. 이제는 내가 어떤 일에 기뻐하는지, 내가 원한다고 말하는 것이 내 생각인지조차 헷갈릴 때가 있다.

타인을 위한 배려라며 나를 꾹꾹 눌렀더니 내가 희미해져 가고 있었다.

과하다 싶을 만큼 온몸에 주렁주렁 액세서리를 한 딸을 보니 새삼 대견하다. 별로 이쁘지 않다고 말하는 엄마의 말에도 아랑곳하지 않는다. 다른 사람의 시선보다 중요한 건 나의 마음이라는 것을 이미 알고 있는 것 같다.

그저 내가 원하는 것, 내 마음의 소리에 기쁘게 순응하는 모습, 자기만의 스타일로 나를 표현하는 당당한 딸이 내 앞에 서 있다.

과하다 싶을 만큼 온몸에 주렁주렁 액세서리를
한 딸을 보니 새삼 대견하다. 별로 이쁘지 않다고
말하는 엄마의 말에도 아랑곳하지 않는다.
다른 사람의 시선보다 중요한 건
나의 마음이라는 것을 이미 알고 있는 것 같다.

'나답게'는 어느새 '너답게', '우리답게'가 되었고, '우리답게'의 세상에 나는 없다.

'좋은 게 좋은 거'라며 색깔 없이 지냈던 시간들, 나를 존중하지 못한 나를 알아차리며 '나'를 다시 되돌아본다.

'나답게'는 무엇일까?

내 마음을 알아봐주고 안아줘야겠다.

엄마,
비행기 타러 가요

10시면 잠들던 아이가 11시를 넘기며 버티고 있다. 취침 시간을 한참 넘겨서인지 아이도 피곤한 듯 칭얼거렸다. 눈을 감을 듯하더니 다시 뜨고, 잠이 드는 듯하더니 깨어 울기를 반복했다.

"잠이 오면 그냥 자. 왜 그러는 거야."

나의 말에서 짜증이 묻어났다.

육아를 병행하는 딸을 위해 엄마가 퇴근길에 자주 집에 들르곤 한다. 딸의 집을 찾을 때마다 엄마는 청소와 빨래, 밥과 반찬은 물론 쓰레기까지 정리하고서야 늦은 시간 집을 나선다. 그런 엄마가 오늘은 아이까지 재워놓고 가려고 마음먹었는지 방으로 들어와 아이 곁에 앉아 아이의 가슴에 손을 올렸다.

'토닥토닥'

아이 곁에 앉은 엄마를 확인한 후 나는 몸을 돌려 눈을 감았다.

평소와 달리 아이는 쉽게 잠들지 못하고 몸을 뒤척이며 칭얼거렸다. 계속된 아이의 몸부림과 투정 때문에 돌아누운 나에게도 짜증이 밀려오고 있었다.

"규림아, 말을 해. 말을 하지 않으면 엄마도 모르잖아."

말이 서툰 아이에게 나는 솔직한 내 감정을 그대로 쏟아냈다. 최대한 소리를 죽여 말한다고 했지만 터지듯 뱉어버린 말은 아이를 놀라게 하기에 충분했다.

소리는 컸지만 평소보다 낮아진 나의 목소리에 아이는 울음을 터뜨렸고, 엄마는 얼른 아이를 업고 방 밖으로 나가버렸다.

'삐리릭'

이내 아파트 현관문이 열리는 소리가 들렸다.

'나도 모르겠다.'

일으켰던 몸을 침대에 던졌다. 모른 척 잠들고 싶었다.

엄마도 일을 하고 왔다는 사실이 떠올랐다. 몸을 써 일하는 엄마이기에 마음이 불편해졌다. 쉽사리 잠이 들 것 같지도 않았다. 몸을 일으켰다. 무릎 담요를 챙겨 밖으로 나갔다.

아파트 입구까지 뛰어나가 두리번거렸다. 삐죽삐죽 가시를 세운 나무 한 그루가 심겨 있는 아파트 모퉁이를 지나 아파트 뒤편을 향해 걷고 있는 엄마를 발견했다. 엄마는 아이가 잠들 수 있게 느린 속도로 걷고 있었다. 빠른 걸음으로 엄마 뒤를 쫓았다.

'벌써 잠든 건가?'

아이는 오른쪽으로 고개를 돌려 외할머니의 등에 머리를 바싹 붙이고 있었다. 아이의 뒷모습에서 편안함이 느껴졌다.

빠른 걸음으로 거리를 좁혀 나갔다. 엄마와 아이의 목소리가 들렸다.

"규림아, 하늘이 참 예쁘네. 저기 달 좀 봐봐. 할머니는 저 달이 갖고 싶은걸."

"할머니, 저 달 갖고 싶어? 저 달 내가 할머니 줄게."

"저 달 할머니 줄 거야? 규림이는 저 달을 어떻게 줄 수 있어?"

아이는 곁에 선 나를 보며 달보다 더 환한 미소로 나를 반겼다.

"엄마, 비행기 타러 가요. 할머니, 내가 저 달 따올게요."

감사를 배우다

"엄마, 차가 왜 안 가는 거예요?"

뜻밖의 질문이었다. 신호등을 지날 때마다 초록불과 빨간불을 가리키며 나에게 '가라', '멈추라'를 명령하던 딸이었다. 신호의 개념을 알고 있다 생각했던 나에겐 아이의 질문이 의아할 수밖에 없었다.

'너 빨간불에 멈추고 초록불에 가는 거 알고 있잖아.'

오늘 동행한 자리에서 얌전히 나를 기다려준 딸이 기특하고 고마웠다. 튀어 나오려는 말을 삼키고 최대한 부드러운 목소리로 말했다.

"엄마 앞에 차들이 많네. 저기 멀리, 훨씬 앞에 있는 차들도 전부 멈춰 있어. 그래서 앞 차도, 우리 차도 멈춘 것 같아…….”

빨간불에 멈추는 것이 당연한데, 그냥 ‘빨간불이니까’라고 대답하고 싶었다. 당연한 질문에 성실히 답해주려니 말이 길어졌다. 주절주절 애써 이유를 만들고 있는 그때 신호등은 그만 대답해도 된다는 듯 초록불로 바뀌었다. 앞 차들이 하나, 둘 움직이기 시작했다.

바로 내 앞에 있던 차가 출발을 하며 내 차와 거리를 벌렸다. 아이가 말했다.

“붕붕아 비켜줘서 고마워.”

멀어져가는 차에게 손을 흔들며 고맙다고 말하는 딸을 보니 피식 웃음이 나왔다. 예뻤다.

액셀 위에 발을 올렸다. 차가 천천히 미끄러지듯 앞으로 나갔다. 차가 움직이기 시작하자 내 오른발에도 힘이 실렸다. 점점 속도가 높아졌다.

‘재수’

15개가 넘는 신호등을 지났다. 집 근처 오거리에 다다를 때까지 단 한 번의 빨간불도 만나지 않고 신나게 달렸다.

“신호등아, 고마워. 우리 빨리 가라고 계속 초록불 만들어주는 거지?"

신호등은 신호등의 일을 하는 것이고, 앞 차는 교통의 흐름에 맞춰 출발한 것뿐인데 딸은 고맙다고 말했다.

그리곤 무릎 담요에게 뽀뽀 세례를 하며 말한다.

"이불아, 규림이 따뜻하게 해줘서 고마워."

'세상에 당연한 것은 없다' 말하며 당연한 듯 살아가는 나에게 딸이 말하는 것만 같다.

'엄마에게 당연한 것은 너무 많아요.'

나는
엄마 편

일이 조금씩 늘어나기 시작하며 누군가의 도움이 절실해졌다. 결국 엄마의 손을 빌리기로 했다. 출근하며 등원시키는 일은 내가 하고 하원은 엄마가 책임져주기로 했다. 내가 집에 도착하기 전까지, 한두 시간만 봐달라던 부탁은 일이 많아지는 만큼 늘어나고 있었다.

서너 시간은 기본, 가끔은 잠자리까지 봐주게 되었다.

아이는 외할머니와 보내는 시간이 많아질수록 다툼도 많아지고 비밀도 많아지는 진짜 친구가 되어가고 있었다.

집으로 돌아와 곧장 욕실로 향했다. 미지근한 물에 하루의 피로를 씻어내는 동안 바깥에선 끊이지 않는 웃음소리가 들려왔다.

"푸하하, 크크크. 할머니. 그게 아니잖아요."

'규림이랑 엄마는 뭘 하길래 저렇게 재미있는 거지?'

밖에서 들려오는 끊이지 않는 웃음소리에 덩달아 히죽거리며 후다닥 샤워를 마쳤다. 대충 물기를 훑어내고 밖으로 나왔다. 욕실 앞에서 서서 젖은 머리카락을 수건으로 두드리며 아이와 엄마를 지켜봤다. 비밀 이야기를 나누고 있었던 건지 말소리는 줄어들었고 둘은 소곤거리다 키득거리기를 반복했다.

"규림아, 엄마 딸 말고, 할머니 딸 해. 응?"

웃고 떠들며 기분 좋아진 엄마는 아이에게 말했다. 할머니의 말에 아이는 나와 할머니를 번갈아 보며 어쩔 줄 몰라 했다. 당황해하는 모습이 귀여워 엄마는 아이가 대답하기 곤란한 말이나 질문을 자주했다.

순간의 정적, 아이의 얼굴에는 난처함이 스몄다.

잠시 생각하던 아이는 멀찍이 서서 지켜보는 나를 향해 눈과 코를 찡끗 했다. 그러더니 고개를 돌려 할머니와 눈을 맞추고 대답했다.

"응, 할머니. 나 할머니 딸 할게."

아이는 웃으며 좋아하는 할머니의 표정을 확인한 뒤 재빨리 나에게 달려왔다. 바짝 붙어선 아이는 손을 최대한 뻗더니 손가락을 아래로 까딱거렸다. 몸을 낮추어달라는 신호였다. 수건과 머리카락을 반대 손으로 잡고 아이를 향해 살짝 허리를 숙였다.

아이는 두 손을 입에 모았다. 까치발을 하더니 두 손과 입을 내 귓가로 가져왔다. 아이가 비밀 이야기가 있다는 듯 조용한 목소리로 속삭였다.

"엄마, 난 언제나 엄마 편인 거 알지?"

쓸모없는 히어로

"건강한 애들도 어린이집 가면 막 아프고 그러던데……."

갓 돌을 지낸 아이를 어린이집에 보내기로 했다는 말에 주위에선 걱정이 한가득 쏟아졌다. 돌 지난 아이를 어린이집을 보내는 건 유행병에 노출시켜놓는 거라는 무시무시한 충고에도 번복할 수 없었다. 죄책감과 긴장된 마음이 뒤섞인 몇 달을 보냈다.

'건강은 나의 탄생과 함께 장착된 복'이라 입버릇처럼 말하던 엄마를 닮아준 것일까? 아이는 걱정과 달리 건강하게 자라주었다. 한결같은 모습으로 신나게 어린이집으로 등원하는 모습은 나의 미안한 마음을 조금씩 누그러뜨리고 있었다.

어린이집을 다니기 시작하고 2년이 다되도록 입원은 고사하고 정기 예방 접종 외에는 병원을 찾을 일이 없었다. 감사함이 당연함으로 바뀌어가고 있었다.

파란 하늘이 붉은 빛으로 변해갈 때쯤 아이의 이마에도 고운 노을이 물들고 있었다.

'열심히 놀았나 보네.'

으레 그렇듯 잠시 쉬면 괜찮아질 거라고, 타고난 '건강쟁이'라며 대수롭지 않게 지나쳤다. 땀을 흘리며 노는 아이의 모습에 괜찮은 줄 알았다. 집안일을 마치고 아이를 재우기 위해 다가가 아이의 손을 잡았다. 그 손은 곧바로 아이의 이마로 향했다. 미열이라 하기엔 뜨거웠다. 평소와 다르지 않은 컨디션이었기에 아이의 뜨거움에 당황했다.

'분명 여기 뒀는데…….'

평소 쓸 일 없는 체온계였다. 당연한 듯 연 서랍 속에는 각종 리모컨과 설명서들만 가득할 뿐이었다. 집 안의 서랍을 모두 열어보고야 체온계가 없다는 것을 알았다.

"규림아, 체온계 봤어?"

아이는 벌떡 일어나 장난감 쪽으로 직행했다. 장난감 통 속에 손을 넣고 뒤적이더니 깊숙한 곳에서 체온계를 건져 올렸다. 얼른 아이의 귀에 체온계를 꽂았다. '삐' 소리를 내며 띄워진 숫자를 믿을 수 없어 반대쪽 귀에 체온계를 다시 밀어 넣고 버튼을 눌렀다.

'나는 정확한 기계야.'라고 외치듯 체온계는 신경질적인 소리를 냈고, 작은 오차도 허락하지 않는다는 듯 같은 숫자를 뱉어냈다.

'39.5'

한 번 더 체온을 쟀지만 결과는 같았다. 놀란 마음에 얼른 일어나 해열제를 찾았다. 냉장고 귀퉁이에서 찾아낸 해열제의 유통기한을 확인했다.

'휴, 다행이다.'

숟가락 하나를 챙겨들었다. 아직 뜯지도 않은 해열제가 자기 것이란 걸 알아차린 듯 했다.

"약 안 먹어도 되는데……."

"규림아, 너 지금 열이 나. 이걸 먹어야 열이 떨어지고 안 아파."

“나 지금 안 아픈데?”

놀 때의 컨디션으로 보아 거짓말인 것 같진 않았다. 체온계에서 확인한 숫자에 내가 조급해졌다. 숫자가 뭔지도 모르는 아이에게 체온계를 들이밀며 말했다.

“지금 규림이 머리가 뜨거워. 39도가 넘었어. 약 안 먹으면 병원 가야 해.”

병원이라는 말에 아이는 곧바로 입을 열었다. 숟가락에 옮겨 담은 해열제를 입속으로 밀어 넣었다. 아이는 단숨에 삼켰다. 아이를 눕혔다. 나도 아이 곁에 누웠다. 하루의 마침표, 베드타임 수다도 생략하고 잠이 들었다.

눈을 뜨자마자 내 손은 아이의 이마로 향했다. 평소 약 먹을 일 없었던 아이라 그런지 해열제 하나로 열은 떨어져 있었다. 아이는 평온한 얼굴이었다. 이른 아침 근처 산을 오르기로 했던 우리의 등반 계획을 강행하기에는 무리라는 판단에 ‘방콕행’으로 여행 일정을 급히 변경했다.

쓸모가 없는 듯해 버릴까 하다 ‘혹시나’ 하는 마음에 냉장고에 버리듯 넣어두었던 해열제. 건강이 넘치는 우리 집에서 쓸모를 발휘하지 못해 냉장고 한구석에 내몰려 있던 해열제는 아이가 아픈 그날, 우리의 히어로가 되어주었다.

'무언가의 쓸모는 언제나 발휘되는 것이 아니라 필요한 순간에 자신의 역할을 해내면 그것으로 충분한 것 아닐까?'

언제나 쓸모 있는 사람이 되고자 했던 내 마음 자체가 과한 욕망이라는 생각이 들었다.

새삼 아이의 열을 내려준 해열제가 고마워졌다.

열이 있어도 해열제 하나 먹고 거뜬히 이겨준 아이가 고마웠다.

하루 종일 집에서 널브러져 제대로 '쉼'의 쓸모를 알려준 아이의 열마저 고마운 하루였다.

일상의 축복

'목만 가누면 좋겠다.'

'자기 생각을 말로 해주면 얼마나 좋을까?'

'밥만 자기 손으로 먹으면 참 좋을 텐데…….'

'욕망에 종착역은 없다.'고 하더니 육아라고 다르지 않았다.

백일, 돌, 두 돌이 지나며 꿈만 같던 희망은 현실이 되었다. 현실은 어느새 당연함이 되고 당연함은 더 큰 희망을 갖게 했다.

엄마의 욕망에도 끝은 없다.

수두를 앓으며 일주일간 어린이집 및 기타 외부출입을 하지 못했던 딸이 다시 어린이집에 등원하기 위해서는 병원에서 발행하는 확인서가 필요했다. 확인서를 받기 위해 아이와 손을 잡고 병원으로 향했다. 병원으로 향하는 길이 왜 그렇게 기쁘고 감사하던지.

가려움을 참는 아이를 보며 짠한 마음으로 보낸 열흘, 별일 없이 수두를 이겨내고 깨끗하게 나아준 아이가 정말 고마웠다. 병치레를 무사히, 건강하게 끝내준 아이에게 넘치는 고마움이 있었지만 그것이 전부가 아니었다. 엄마로서의 진한 감사와 현실적 고마움이 교차되고 있었다.

'드디어 내일부터 어린이집에 가는구나. 정말 고맙다.'

수두를 앓는 딸을 보며, 가려워 밤새 긁으며 괴로워하는 아이를 보며, '잘 먹고, 잘 자고, 잘 커주는 것'만으로도 얼마나 큰 효도를 하고 있는 것인지 알게 되었다.

눈 뜨기 싫어하는 아이를 깨우고 옷을 입히고 밥을 챙겨 먹이는 지겨운 반복이, 매일의 아침이 얼마나 감사한 일인지 알게 되었다.

'타고난 건강'이라며, 내 복이라며 당연하게 받아들였던 그 건강이 누군가에게는 당연하지 않은, 절실한 일이라는 것도 알게 되었다.

아픈 아이들. 그 아이들의 지켜내는 부모들의 마음을 감히 짐작할 수 없지만 세상 어떤 것보다 귀한 선물을 받고 있음을, 너무나 큰 감사를 놓치고 있다는 것만은 충분히 알 수 있는 시간이었다.

이 와중에도 '내 아이가 많이 아프지 않아 다행이다'라며 감사하는 나를 보며, 내 아이만 생각하는 이기적인 마음도 반성하게 된다. 더 많이 생각하고, 더 많이 느끼고, 더 많이 배워야 할 세상. 아이는 머리가 아닌 온몸으로 세상을 알려준다.

별일 없는 하루의 위대함, 일상의 진한 감사를 배우는 축복의 시간이다.

아이는 '나중에', '다음에'가 아닌 지금 내가 가진 것에 감사하라 말한다.

4장

일상의 즐거움

나에게도 호기심과 설렘 가득한 일상이 있었을 텐데……
나이를 먹어가며 나의 감정도 함께
나이를 먹고 있음을 알아버렸다.
놀라움이 익숙함이 되고 익숙함이 당연함이 되어가던 나.
세상의 즐거움이 줄어갈 때
그녀를 만나며 당연한 것의 놀라움을 재발견하게 되었다.

햇빛은
무슨 맛?

현관문을 나서니 햇빛이 쨍, 눈을 뜨기 힘들 정도의 강한 빛이 얼굴을 때렸다.

자동차에 오른 아이는 눈부신 햇빛이 반갑지 않았나 보다.

"엄마, 눈부셔. 내가 햇빛 다 먹어버릴게."

하늘을 향한 아이의 손이 허공에서 무언가를 붙들 듯 주먹을 쥔다. 손은 곧장 입을 향했다.

"냠냠냠, 냠냠냠."

아무것도 없는 손이 분명한데 참 맛있게도 먹는다.

"규림아, 맛있어?"

"응, 엄마. 정말 맛있어."

하얀 티끌 하나도 허락하지 않겠다는 듯, 텅 빈 하늘은
바다를 닮기로 작정한 듯 그저 새파랗기만 했다.
"엄마, 걱정하지 마. 구름도 어린이집 가는 시간이야.
어린이집 다녀오면 하늘에 다시 놀러올 거야."

"햇빛은 무슨 맛이야?"

"햇빛은 구름 맛이야."

"구름 맛? 구름은 무슨 맛이야?"

"응, 구름은 푹신푹신한 맛이야."

구름 맛이 무엇이고, 푹신푹신한 맛이 무엇인지 짐작조차 할 수 없었다. 이해력 부족한 엄마의 질문에 열심히 대답해주는 딸, 우리는 금세 어린이집 앞에 도착했다.

'구름 맛? 푹신푹신한 맛?'

혼자 상상해본다. 평소 고개를 들어 하늘 볼 일 없는 나이지만 아이와의 대화 덕분에 나의 눈은 자연스럽게 하늘을 향했다.

"아!"

늘 봤다고 착각했던, 내가 알던 하늘과는 전혀 모습이 내 머리 위에 펼쳐져 있었다.

'하늘이야? 바다야?'

하얀 티끌 하나도 허락하지 않겠다는 듯, 텅 빈 하늘은 바다를 닮기로 작정한 듯 그저 새파랗기만 했다.

차에서 아이를 내려주며 말했다.

"규림아, 하늘 좀 봐. 규림이가 구름을 다 먹어버려서 하늘에 구름이 하나도 없어. 어떡하지?"

아이의 동심에 젖은 엄마의 쓸데없는 걱정에 아이가 방긋 웃으며 대답했다.

"엄마, 걱정하지 마. 구름도 어린이집 가는 시간이야. 어린이집 다녀오면 하늘에 다시 놀러올 거야."

마법의 주문

집안 정리, 빨래, 설거지 등 밀린 집안일을 하고 있었다. 방바닥을 닦고 있는 내 코앞으로 아이는 장난감을 들이댔다. 살짝 눈치를 줬지만 여전한 아이. 같이 놀자며 자꾸만 들러붙는 아이의 행동에 나는 '화'라는 단추를 눌러 버렸다. 예열 모드 중.

시곗바늘은 12시를 향해가고 있었다. 내 마음속에서 누군가 투덜댄다.

'5살 됐음 가끔은 혼자 잘 수도 있는 거 아냐?'

늦은 시간에 집안일을 마치지 못한 나는 그 시간까지 잠들지 않은 아이에게로 화살을 돌렸다. 아직 말로 뱉지는 않았지만 내 머릿속은 시끄럽게 롤러코스터를 타기 시작했다.

청소를 다 끝내고 재우면 1시가 넘을 것 같다. 내일 아침 늦잠은 당연하다.

잠잘 시간을 훌쩍 넘긴, 깨어 있는 아이를 보며 내 속에 눌러놓은 화를 조금씩 불러내고 있었다. 닦는 둥 마는 둥, 서둘러 정리를 하고 마음을 누르며 거실에 털썩 주저앉았다.

짜증이 밀려 입 밖으로 튀어나올 것만 같았다. 크게 한숨을 쉬며 나오려는 짜증을 삼켰다.

아이는 엄마의 큰 한숨소리에 즉각적인 반응을 보였다.

"엄마, 왜 그래요?"

꿀꺽, 또 한 번 짜증을 삼키고 화를 들키지 않겠다는 듯 말했다.

"응, 엄마가 오늘 힘이 좀 없네. 청소를 많이 해서 힘이 들었나봐."

대답이 끝나자마자 아이가 자리에서 벌떡 일어섰다. 아랫배에 힘을 꽉 주고 큰 소리로 외친다. 아이의 어이없는 행동에 나는 웃음이 터졌고, 짜증과 화는 터진 웃음과 함께 공중분해 되어버렸다.

"구리구리 통통통, 구리구리 통통통"

아이가 아는 세상 최고의 마법사의 주문이 아이의 입에서 단단하게 튀어나왔다.

뽀로로의 마법사 친구, '통통이'의 주문을 큰 소리로 외치기 시작했다. 아이의 목소리에, 검지손가락 끝에 진심이 한가득 배어 있다.

"구리구리 통통통, 구리구리 통통통, 엄마 힘이 세져라, 얍!"

내가
도와줄게요

"당분간 규림이 못 봐주겠다."

엄마의 갑작스런 폭탄 발언으로 심장이 발끝까지 떨어졌다. 머릿속에 복잡했다. 고민한다고 해결될 문제가 아니란 것을 알기에 단순하게 생각하기로 했다.

'그래, 말도 되지 않게 일을 벌였어. 이 기회에 정리하자.'

잠들어 있는 아이의 얼굴을 보며 출근하고, 퇴근하고 오면 또 다시 잠들어 있는 아이.

'잠자는 숲속의 공주가 이럴까?'

늘 잠만 자는 아이밖에 볼 수 없어서, 내 생활을 전혀 가질 수 없는 회사를 내려놓은 지 1년이 지난 시점이었다.

물 새듯 새어나가는 통장의 잔고를 보며 스멀스멀 불안이 찾아왔다.

'돈 벌어야겠어.'

줄어드는 통장 잔고에 하나, 둘 일을 늘리다 보니 어느새 나의 귀가 시간은 9시를 넘어 10시, 11시가 되는 날도 있었다.

내 삶을 살아보겠다며 모두가 말린 퇴직, 하는 일만 바뀌었을 뿐 이전의 생활로 돌아가기 위해 필요한 시간은 1년이면 충분했다.

별 생각 없이 받아들였던, 작은 결정들의 누적은 또다시 내가 없는 삶을 만들어놓고 말았다. 엄마의 한마디 말에 빠르게 나의 일상을 돌아볼 수 있었다.

계속할 일과 관둘 일을 구별하는 것은 어렵지 않았다. 아이의 하원 시간이 곧 나의 퇴근 시간이어야 했다.

정리는 당연했고, 이미 무엇을 정리해야 할지 계산이 끝났다. 더 생각해볼 이유도 없는 일이었다. 하지만 마음 한구석 불편한 마음은 사라지지 않았다. 머릿속에서 '차라리 잘 됐다.'라고 말하는 나와 열심히 생활비와 벌이를 계산하는 나의 갈등이 계속

되고 있었다.

복잡한 머릿속이 싫어 이른 아침부터 집을 나서 바쁜 하루를 보냈다.

저녁엔 동생의 호출로 엄마 집으로 향했다. 저녁을 해결하고 놀다 보니 많이 늦어진 귀가.

아이의 어린이집 식판만 아니었다면 싱크대에 만들어진 높은 그릇 탑을 하루쯤은 모른 척 넘겨버리고 싶었다.

'해야 하는 일이니까 짜증내지 말고!'

크게 숨을 내어 쉬고 싱크대로 돌진했다.

곧바로 아이가 의자를 밀고와 의자를 밟고 올라섰다.

"엄마, 내가 도와줄게요."

거품 한가득 만들어 그릇 하나, 숟가락 하나 닦아 나를 바라보며 연신 '우와'를 외치는 딸. 방청객이 따로 없다. 작은 손을 보태어 여기 저기 거품과 물을 뿌려가며 엄마 흉내를 내는 딸을 보니 어느새 하기 싫었던 일은 즐거운 놀이가 되었다.

지겨운 가사 일을 놀이로 만들어주는 딸과 야밤 청소 놀이를 하다 보니 복잡했던 마음은 모두 사라져버렸다.

'그래. 이게 하고 싶었으면서…….'

아직 잠잘 시간 아니야

늘 하면서도 귀찮은 일, 단 5분이면 충분한데 쌀 씻는 일이 왜 이렇게 번거롭게 느껴졌을까? 하지만 아이 덕에 이제 쌀자루를 볼 때마다 웃음부터 난다. 식사를 위한 첫 시작, 쌀 씻는 일이 웃음이 되고 나니 식사를 준비하는 시간도 즐겁다. 아이는 이렇게 내가 꺼려하는 일들을 즐거운 일로 만들어주는 놀이친구이다.

네 살이 넘어가는 무렵부터 아이는 몇 시간씩 혼자 놀이에 빠지는 날이 있다. 처음엔 그 모습이 신기하기도 하고 대견하기도 해 곁에서 조용히 지켜봤지만 알아들을 수 없는 이야기로 마주한 모든 것들과 끝없이 대화하는 모습은 나의 집중력이 얼마나 짧은지를 알게 한다.

눈에 보이는 것뿐 아니라 보이지 않는 것까지 의인화시키는 아이의 능력이 글 쓰는 나로서는 부럽기도 하지만 신기함도 잠시, 이제 그런 날이면 엄마에게 휴식을 선물하는 효녀라 기특해하며 나도 곧장 나를 위한 시간을 가진다.

책을 펼쳐들었다. 방에서 들려오는 아이의 중얼거림과 눈으로 읽어내는 글이 뒤섞여 한동안 책에 집중하지 못했다. 손으로 한 줄씩 짚어가며 책장을 넘기다 보니 아이의 소리는 백색소음이 되었다 이내 사라져버렸다.

시간이 얼마나 흐른 걸까?

고요한 집에서 떠난 책 속으로 여행은 아이의 큰 소리에 집중력이 깨어지며 끝이 났다. 정신을 차려 읽던 책을 덮고 세로로 세워 확인했다. 책갈피는 책의 절반을 넘긴 자리에 꽂혀 있었다. 환하던 거실 창 밖에는 붉은 손님이 가까이 다가와 있었다.

거실 불을 켰다. 다시 아이의 큰 소리가 들려왔다. 아이의 목소리에는 짜증이 묻어 있었다. 누군가를 혼내고 있는 아이, 아이

"엄마, 얘가 아직 밤도 아닌데 계속 누워 있어요.
내가 일어나라고 했는데 안 일어나요."
껴안듯 온몸을 쌀자루에 기대어 낑낑 대더니
결국 누워만 있던 친구를 일으켰다.

의 목소리에 긴장감이 몰려왔다.

'설마 내 흉내를 내고 있는 건 아니겠지?'

아이가 있는 방으로 다가 갔다. 살짝 열린 문을 천천히 밀어 활짝 열어젖혔다.

얼마 남지 않은 창밖의 붉은 빛은 방 한쪽 쌀자루를 비추고 있었다. 아이는 양손을 허리에 얹은 채 그 곁에 서 있었다.

"너 왜 그래? 일어나. 일어나란 말이야."

화가 섞인 말을 마치기 전 허리에 있던 아이의 손은 누워 있는 쌀자루를 향했다.

"아직 잠잘 시간 아니잖아."

쌀자루를 껴안고 낑낑 거려보지만 자기와 비슷한 무게의 쌀자루가 들릴 리 없다.

"일어나. 아직 밤 안 됐단 말이야. 저기 봐. 아직 아침이야. 일어나."

곧 울음이 터질 것 같은 목소리로 이리저리 몸을 돌리며 쌀자루를 세우려던 아이는 문 앞에 서 있던 나를 발견했다. 나를 확인한 아이는 기다렸다는 듯 쌀자루의 잘못을 이르기 시작했다.

"엄마, 얘가 아직 밤도 아닌데 계속 누워 있어요. 내가 일어나라고 했는데 안 일어나요."

진지해진 아이의 모습에 자꾸만 웃음이 터졌다. 아이의 기분을 맞추려 새어 나오는 웃음을 참으며 말했다.

"그럼 규림이가 일으켜주는 건 어때?"

"일으켜주려고 하는데 안 일어나요. 자꾸만 누워 있어요. 밤 오기 전에 나랑 더 놀아야 하는데 자꾸만 누워 있어요."

말을 하다 보니 아이의 감정이 더 격해진 것 같았다. 아이의 말에 울음이 섞였다.

"엄마가 어떻게 해주면 좋겠어?"

내 얼굴을 빤히 쳐다보던 아이는 마지막을 다짐하듯 비장한 표정으로 다시 쌀자루를 쳐다보았다. 허리를 숙이고 쌀자루 밑으로 손을 깊숙이 찔러 넣었다. 껴안듯 온몸을 쌀자루에 기대어 낑낑 대더니 결국 누워만 있던 친구를 일으켰다.

폴짝폴짝 뛰며 돌고래 소리로 이어진 환호를 통해 아이의 속상함이 얼마나 진지했는지 알 수 있었다. 아이의 모습에 나도 한바탕 웃으며 함께 환호했다.

쌀자루에 즐거운 스토리를 입혀준 아이 덕분에 쌀 씻는 일은 이제 나에게 웃음 나는 일이 되었다.

시원한 감

추위를 핑계로 집에서 주로 하우스캠핑을 했던 겨울이 지나고 화사한 꽃들의 향연도 잠시, 겸손한 봄은 뜨거운 여름에게 자리를 내어주고 사라져버렸다.

주말이면 쉬고 싶은 내 마음과는 달리 부지런해진 아침 때문에 하루가 길어진 느낌이다.

'세상의 부지런함을 배운 걸까?'

아이도 덩달아 일찍 눈을 뜨는 여름, 주말이면 느낌으로 주말인 것을 아나 보다.

"엄마, 오늘 어린이집 가요?"

"아니, 오늘은 일요일이야."

평일은 일 때문에 제대로 놀아주지 못하다 보니 일요일이라도 힘껏 놀아주고 싶은 엄마의 미안한 마음을 눈치채기라도 한 걸까? 아이는 빙긋 웃으며 다시 묻는다.

"그럼 우리 오늘은 어디 가요?"

토요일도 일하는 내가 유일하게 잠 충전할 수 있는 일요일이건만 내 마음과 달리 일요일 아침, 아이의 눈은 언제나 바깥을 향해 있다. 특별한 일 없는 일요일, 화창한 날씨. 아이를 납득시킬 어떤 변명거리도 없다.

일요일이면 소풍을 가야 한다는 생각에 금요일쯤이면 강박처럼 SNS를 기웃거곤 했다. 그러다 동생의 추천으로 함께 방문했던 바닷가는 우리의 뜨거운 여름을 보내기에 충분했다. 가장 가까운 바닷가는 부산이라 생각했는데, 집에서 불과 30분 거리에 이런 곳이 있다니.

'유레카'

약간의 장난감, 김밥 몇 줄 준비하고 바다 가까운 곳에 파라솔 하나만 빌리면 만사 오케이.

파라솔 그늘 아래는 나의 자리. 파도가 다녀가는 물가 근처는 아이자리다. 장난감 몇 개로 반나절은 신나게 놀 수 있는, 나와 아이 모두를 만족시킬 수 있는 최적의 장소였다.

늦은 점심 챙겨 먹고 어린이 풀장까지 준비된 그곳에서 오후 물놀이를 즐기면 일요일 하루는 완전 열심히, 최선을 다해 놀 수 있다. 그렇게 3주 연속 마산의 유일한 해수욕장을 찾았다.

작은 핑크 통에 열심히 모래를 담고 있는 아이. 붉은 빛이 도는 작은 돌멩이 하나를 주워 나에게 보여주었다.

"이건 뭐야?"

"감씨."

"감씨? 규림아, 감씨가 뭐야?"

며칠 전 어린이집에서 봤노라며 가을에 먹을 수 있는 과일들을 배웠다고 했다.

"아, 감 씨."

흙을 절반쯤 채운 통에 돌멩이 감 씨를 놓고 다시 흙을 살짝 덮었다. 아직 마무리되지 않은 화분 만들기를 멈추고 나에게로 다가왔다.

"엄마, 얼음 조금만 주세요."

"왜? 많이 더워?"

마시고 있던 아이스 아메리카노에서 얼음 몇 개 꺼내 물로 살짝 씻어주었다.

입으로 가져갈 줄 알았던 얼음은 그대로 화분 속에 담겼다. 흙을 퍼 얼음을 덮었다.

"규림아, 뭐하는 거야?"

"얼음 심어요. 내일 되면 엄청 시원한 감이 열려요. 감 나오면 엄마 제일 먼저 줄게요."

원맨쇼

퇴근하고 아이와 친정으로 향했다. 저녁도 해결하고 육아에서 탈출하고 싶은 날이었다. 저녁은 물론이고 간식, 아이의 목욕까지 마치고서야 몸을 일으켰다. 몸도 마음도 가벼웠다.

'집에 가서 잠만 재우면 되겠군.'

컴컴한 골목을 가로질러 멀찍이 세워둔 차를 대문 바로 앞까지 끌고 왔다. 다시 집으로 들어가 아이를 번쩍 안았다. 조수석에 아이를 내려놓고 문을 닫았다.

'덜컥'

운전석으로 이동하던 찰나 이것저것 만지던 아이의 손에 문이 잠겨버렸다. 오래된 구형차가 야속했다. 시동이 걸려 있었음에도 자동차문은 잠겨버렸다.

급하게 엄마의 핸드폰을 빌려와 손전등을 켰다. 아이에게 큰 목소리와 손짓, 발짓으로 잠금장치를 가리키며 열어보라 했지만 평소 그렇게 잘 열고 닫던 문을 그날은 열지 못했다.

얼른 보험사에 전화했다.

주택가에 있는 친정인지라 가로등은 듬성듬성 서 있었고 마침 내가 차를 세운 곳은 가로등과 멀었다. 그날따라 자동차 썬팅 필름은 왜 또 그렇게 어둡게 보이던지. 일단 아이가 놀라지 않게 하는 것이 먼저라는 생각이 들었다. 보험사가 오기 전까지 아이의 관심을 끌 것이 필요했다. 휴대폰 손전등을 스포트라이트 삼아 나의 원맨쇼가 시작되었다.

한적하고 조용한 주택가에서 벌어진 노래와 막춤 한 마당.

"하하, 호호, 히히."

아이는 엄마가 장난친다 생각한 건지 관람모드로 편안히 앉아 박수까지 보내주었다.

애타는 엄마 마음은 모르고 그저 웃으며 지켜봐주니 다행이라 해야 하나?

곧 앞집의 창문이 열리고, 옆집의 창문도 열렸다. 조용한 주택가를 지나는 사람들은 길 한가운데서 노래하는 나를 바로 보지 못하고 미친(?) 사람 쳐다보듯 힐끔거리며 지나칠 뿐이었다.

20여 분의 시간이 흘렀을까? 저기 멀리서 구원의 불빛이 다가왔다. 차를 세운 보험사 아저씨는 '뚝딱' 문을 열어주셨다.

10년은 늙어버린 마음, 아무 일 없었다는 듯 문을 열어 아이를 안았다.

"엄마, 너무 재밌어. 또, 또."

박수까지 힘차게 쳐주는 딸.

한여름, 덥지 않은 밤에 감사하고. 엄마의 원맨쇼를 즐겁게 봐준 딸에게 감사한 날이다.

엄마를 배우는 아이

아이를 낳고 나를 위한 시간이 줄었다. 취미활동은 고사하고 화장도 대충대충, 사람들과 만날 때 민폐 끼치지 않을 수준이면 된다며 화장 대신 잠을 택했다.

'너에게도 돈과 시간을 좀 쓰면 좋겠어.'라고 말하며 불쑥 내미는 선물, 팩이었다.

선물을 받으며 들은 말이 저녁까지 남아 있었다.

'늙었다는 말인가?'

화장품 가게에 갈 때면 혹시나 붙일까, TV 홈쇼핑 호스트들의 말에 '나도 이제 관리 좀 해야지' 하며 사두었던 팩들이 쌓여가고 있었다. 하지만 신경 쓰이는 '한마디' 말 때문에 쌓인 팩을 제쳐두고 선물 받은 팩을 붙이고 누웠다.

저녁을 먹으면 곧잘 혼자 놀던 아이, 아이는 엄마의 얼굴에 붙은 팩이 신기했던지 곁에 앉아 떠나지 않았다. 손으로 쿡쿡 찔러보고 냄새도 맡으며 내 얼굴만 쳐다보고 앉아 있었다.

20분이 지난 것을 확인하고 얼굴에서 팩을 떼려는 순간 아이가 말했다.

"엄마, 규림이가 떼줄게요."

아이의 말에 손을 내렸다. 아이는 조심스런 손짓으로 내 얼굴에서 천천히 팩을 떼어냈다. 내 얼굴에서 떨어진 팩을 아이는 자기 얼굴로 가져갔다.

"규림아, 뭐하는 거야?"

"엄마, 저도 예뻐져야죠."

촉촉하던 팩이 살짝 말라 있었다. 엄마 얼굴에 대충 올려져 있던 팩을 자기 얼굴에 올려놓고는 나도 예뻐지고 있다며 싱글벙글하며 기뻐하는 아이, 이 아이의 행복은 엄마와 닮아가는 모습인가 보다.

나의 말, 행동, 숨소리 하나의 무게가 느껴진다.

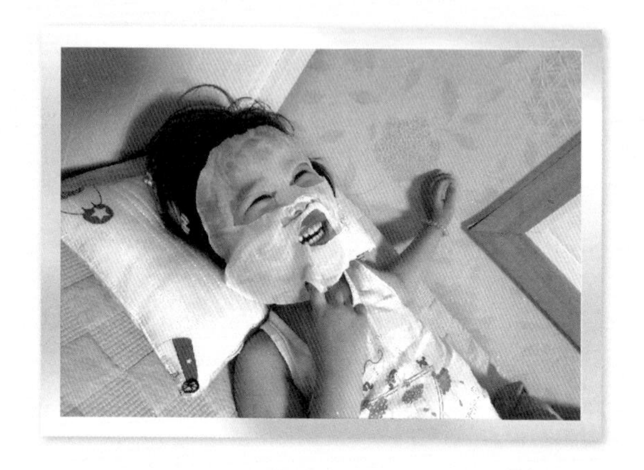

살짝 말라 대충 붙은, 엄마가 하던 팩을
얼굴에 올려놓고 자기도 예뻐지고 있다며
싱글벙글하며 기뻐하는 아이, 이 아이의 행복은
엄마와 닮아가는 모습인가 보다.

즐거운 일상 속 잊지 말아야 할 것들이 있음을 배우는 시간이다.

'아이는 부모의 뒷모습을 보고 자란다.'

함께 자라요

번번이 실패하는 아침 독서를 반드시 습관으로 만들겠다고 다짐했다.

여러 개의 알람소리에 힘겹게 몸을 일으켜놓고는 책 앞에서 꾸벅이는 모습에 스스로 실망하다가 독서를 할 수밖에 없는 법을 찾기로 했다. 집 안에서는 어떻게 해도 책을 안고 또 다시 잠드는 나. 절대 잠들 수 없는 방법을 찾다 발견한 나만의 답, 그것은 '바깥'이었다. 그렇게 놀이터에서 모닝독서를 시작했다. 나의 빈자리를 느끼는 건지 자꾸만 깨는 아이 때문에 놀이터는 어느새 아파트 복도로 바뀌었고, 그곳에서 나만의 작은 성공을 만끽한 지 한 달이 지나는 날이었다.

예상치 못했던 모닝독서의 힘에 놀랐고,

나를 성장시켜가는 귀한 시간에

내가 가장 사랑하는 아이가 함께했던 이날,

내 인생 최고의 날 중 하루이다.

'드르륵 드르륵'

뒤돌아보니 제대로 눈도 제대로 뜨지 못한 아이가 반쯤 감은 눈으로 의자를 밀며 나에게 다가오고 있었다. 의자 위에는 아이가 좋아하는 그림 책 두 권이 놓여 있었다.

모닝독서 두 달여 만의 기적.

아이가 의자 위에 올라서 복도 난간에 책을 올리며 나와 눈높이를 맞추었다.

DNA 속에 깊게 각인된 아침잠을 유전으로 물려받았다. 매일 아침잠으로 전쟁을 치르는 아이가 스스로 일어나 책을 읽겠다며 책을 챙기는 이 상황, 버티듯 모닝독서를 하고 있는 나이기에 아이의 새벽 독서는 상상해보지 못했던, 기적 같은 일이었다.

예상치 못했던 모닝독서의 힘에 놀랐고, 나를 성장시켜가는 시간에 내가 가장 사랑하는 아이가 함께했던 이날은 내 인생 최고의 날 중 하루이다.

하루로 끝나버린 모닝독서였지만(아이의 모닝독서는 이후 아주 간헐적으로 이뤄지고 있다), 아침, 책을 보며 행복해하는 모습을 보았기에 내가 꾸준해야 할 이유가 하나 더 생겼다. 멀지 않은 미래에 아이와 함께 할 모닝독서가 그려진다.

아파트 복도에서 두 모녀가 책을 손에 쥐고 서성거리는 모습은 상상만으로도 짜릿하다. 그러한 감동이 곧 나에게 찾아올 것을 알기에, 함께 성장할 시간들이 가까워짐을 알기에 또 행복한 날이다.

엄마의 식성도 고치는 딸

엄마가 되고 가장 힘든 일 중 하나가 끼니를 챙기는 일이다. 하루 세끼 먹는 당연한 일이 이렇게 어려운 일이었다는 것을 딸이 태어나고 알았다. 30년을 넘게 보아왔던 밥상은 별거 없어 보였고 쉬워 보이기만 했다. 그 쉬운 일이 나에겐 왜 그리 난제인 건지.

전공 때문에, 이후 했던 일 때문에 칼로리, 영양, 색깔 등 식단을 짜고 제철음식을 따져가며 밥상을 차리곤 했다. 하지만 들인 정성과 노력에 비해 결과는 늘 초라했고, 한정된 나의 에너지를 끼니를 위해 소비되는 에너지가 컸다. 밥상을 차리는 일이 소모적으로 느껴지기도 했다.

'조금 잘 먹이고 짜증 낼 바에 차라리 대충 먹이고 놀아주자.'

'식품구성탑'에 의거한 5대 영양소는 결국 포기, '배만 곯리지 말자'는 마음으로 끼니를 해결하기 위한 방법을 바꾸었다.

며칠 전도 그런 날이었다. 어린이집에서 아이를 찾아 집으로 돌아오는 길이었다.

저녁 찬을 고민하며 냉장고를 떠올려보니 먹을 게 없었다.

'밥은 있고, 국이랑 반찬 두 가지만 해볼까?'

생각만으로 피로가 몰려왔다. 재빨리 포기했다.

"규림아, 우리 오늘 저녁은 햄버거 먹으러 갈까?"

좀처럼 둘이서의 외식이 없던 딸은 기다렸다는 듯 말했다.

"엄마, 돼지국밥 먹고 싶어요."

"뭐? 돼지국밥? 햄버거 싫으면 피자 먹을래?"

20살까지는 베지테리언을 자처했고, 영양사라는 직업 때문에 어쩔 수 없이 고기를 먹기 시작했지만 한참 나이를 먹은 지금도 구워먹는 고기 외엔 선호하지 않는 나였다. 물에 빠진 고기도 싫은 나에게 고기가 한참이나 담겨 있던 육수라니. 고기를 우려 만든 탕 종류는 누가 사준다고 해도 사양하는 음식이다. 고기 뼈를 우린 물이란 나에겐 그냥 버리는 물과 같은 것인데 돼지국밥이라니.

"엄마가 맛있는 거 사 줄게. 우리 더 맛있는 거 먹으러 가자."

아이를 꾀어 다른 것을 먹어야겠다 생각했다. 아이가 좋아할 만한 메뉴들이 내 입에서 한참이나 쏟아졌다. 하지만 아이는 내 말이 끝나기가 무섭게 어린이집 건너 식당을 정확히 가리키며 말했다.

"엄마, 저기. 돼지국밥 먹고 싶어요."

4살이 보여줄 수 있는 가장 결연한 표정으로 나를 보았다. 돼지국밥집으로 향했다.

일하는 엄마와 시간이 부족해서인지 평소 혼자서도 밥을 잘 먹는 아이가 나만 보면 어리광을 부리며 숟가락을 건네곤 한다.

"엄마가 밥 먹여주세요."

내가 먹여줘야 마지막 밥을 먹던 아이가 돼지국밥집만 가면 나를 투명인간 취급한다.

자기 분량의 소면과 밥이 부족했는지 내 밥까지 절반을 덜어 자기 국에다 말았다. 신중하고 꼼꼼하게 숟가락으로 눌러 국물과 잘 섞고는 처음부터 끝까지 혼자서 먹는다. 마지막 국물은

"엄마, 저기. 돼지국밥 먹고 싶어요."
4살이 보여줄 수 있는 가장 결연한 표정으로
나를 보았다. 내 돈 주고는 절대 사먹을 일 없을 것
같았던 음식을 딸 때문에 먹기 시작했다.

그릇을 들고 원 샷. 갈 때마다 신기한 듯 쳐다보는 옆 테이블.

내 돈 주고는 절대 사먹을 일 없을 것 같았던 음식을 딸 때문에 먹기 시작했다.

다음 날, 동네에서 같이 저녁이나 먹자며 엄마에게서 전화가 왔다.

어린이집 앞에서 엄마를 만났다.

"규림아, 할머니가 맛있는 거 사 줄게. 뭐 먹고 싶어?"

"엄마, 잠깐만."

나의 입에선 외마디 비명이 터져 나왔고 아이의 손가락은 이미 그곳을 향해 있었다.

그날도 아이는 며칠을 굶은 사람처럼 빠르고 깔끔하게, 그리고 아주 맛있게 한 그릇을 해치웠다. 깍두기까지 야무지게 올려 먹는 4살 여자아이의 모습에 이모님들의 칭찬이 쏟아졌다.

가리는 음식 없이 혼자서 잘 먹어주니 고맙기만 하다. 입도 대지 않던 음식의 맛을 조금씩 찾아주고 있는 아이가 대견하다.

(난 여전히 돼지국밥의 참 맛을 모르고 있고 '외식'이라는 말은 어린이집과 멀어진 후 꺼내곤 한다. 그럼에도 돼지국밥집행은 계속 된다.)

5장

가치발견, 아이의 눈에서 삶을 배우다

책을 읽으며 지식을 채워가고 깨닫는다 생각했지만
언제나 제자리였다.
지식에 머물던 글을 삶으로 알려주는 그녀,
우리 집 꼬마 철학자.
하얀 여백 가득한 그녀의 곁에서 꿈을 그리고,
빈 공간에 나와 그녀의 꿈을 그려 넣는다.

즐거운 두려움

“규림이는 겁이 참 많아.”

가족들에게, 지인들에게 자주 듣는 아이에 대한 피드백이다. 조심성이 많은 거라고 대꾸하지만 내가 봐도 내 아이는 겁이 많다. 10센티의 낮은 계단 하나 오를 때도 엄마의 손이 필요하고, 발 앞 작은 개미 하나를 발견해도 소스라치게 놀라며 엄마를 부르는 아이, 자동차의 번호판이 보이지 않을 만큼의 먼 거리에서 차라도 보이면 운동장 같은 넓은 길에서조차 벽화마냥 벽에 찰싹 붙어버리는 아이다.

어디를 데려가도 매사 조심성이 많은 아이인지라 내가 신경 써 챙겨볼 필요가 없어 나와 동행이 부쩍 늘어난 요즘이었다.

동네로 이사 온 친구와 '치맥'을 하기로 했다.

아이를 두고 나갈 계획이었으나 엄마의 외출을 눈치챈 아이는 어느새 내 곁에서 그림자놀이를 하고 있었다. 친구에게 전화를 했다. 아들 둘을 키우는 친구도 상황은 마찬가지였다.

"엄마들의 비애다. 그냥 운동장이나 가자. 우린 벤치서 한 잔 하면 되지 뭐."

시민을 위한 큰 운동장이 집 근처에 있다. 아직 해가 하늘 가운데 있는 시간, 치킨과 맥주를 양손에 든 두 여인은 동네 운동장으로 향했다.

"운동장에서 맥주라니 아저씨 된 기분인데."

"야, 동네 운동장이라도 있어 다행이거든."

키득거리며 친구와 난 운동장 한구석 벤치에 자리를 잡고 맥주 하나를 땄다.

주말이라 그런지 한적한 줄 알았던 운동장은 스케이트보드, 자전거, 인라인 등 야외 활동을 하는 아이들로 가득 차 있었다. 내 아이만큼 작은 아이들이 인라인이나 스케이트보드를 타는 모습이 신기해 한참을 쳐다봤다. 아이도 신기한지 나의 그림자를 자처하던 아이는 어느새 언니, 오빠들 틈으로 사라져버렸다.

"야, 규림이 없는데."

사라진 아이가 걱정이 됐는지 친구가 물었다.

엄마 눈에는 더 잘 보이는 아이, 나는 아이를 단번에 찾아냈다. 아이는 킥보드를 타는 오빠 곁을 따라 걷고 있었다.

"저기 있네. 규림이는 내가 보이는 곳에서만 놀아. 위험한 일은 하지도 않고."

아이의 조심성이 나에겐 편안함이 되고 친구에겐 부러움이 되는 순간이었다.

"아이들 풀어놓고 이렇게 한잔하는 것도 괜찮네. 어디 식당이라도 가면 신경 쓰이는데."

혈기 왕성한 아들 둘을 키우는 친구는 사람이 많은 곳에선 예민해지게 마련인데 이곳에선 마음이 편안해지는 모양이었다.

시원한 맥주 한 모금, 바삭 짭조름 치킨 한 입에 더해진 폭풍수다는 어느새 아이들을 잊게 했다. 우리의 수다가 얼마나 이어졌을까?

내 앞을 지나는 아이를 향한 무의미한 눈빛을 거두고 치킨에 집중했다. 번뜩 고개를 돌려 지나간 그 아이를 다시 바라보았다.

타는 것이 아니라 얹어놓은 듯 킥보드에 올린 발 하나, 꽉 잡은 두 손, 분명 내 아이였다.

"규림아."

나는 벌떡 일어나 아이에게 달려갔다.

"우와, 괜찮아? 무섭지 않아? 어때? 재미있어? 너 킥보드 타본 적 있어?"

아이가 대답할 틈이 없다. 흥분한 엄마의 폭풍 질문이 쏟아졌다. 엄마의 퍼붓는 질문에도 아랑곳 하지 않고 아이는 발을 굴려 천천히 앞으로 나아가고 있었다.

"타봐, 해봐."

새로운 것, 위험(?)한 일은 꼭 뒤로 물러서는 아이인지라 마트나 백화점에서 킥보드를 볼 때마다 아이에게 은근히 강요했던 말이었다. 과자와 아이스크림으로 유혹해도 매번 고개를 흔들던 아이가 혼자 무언가를 시도하는 모습은 나에겐 놀라움일 수밖에 없다. 다소 유별났던 엄마의 반응이 진정되자 아이가 입을 열었다.

"무서운데 재미있어요."

'해봐, 할 수 있어.'라는 백 마디의 용기보다 때론 보여주고 기다려주는 것이 중요하다.

누군가에겐 별것 아닌 것처럼 보일 수 있는 이 행동이 아이에겐 도전이고 용기였음을 안다.

나의 삶에도, 타인의 세상 속에도 타자는 이해할 수 없는 '평범한 용기'를 발휘할 때가 있다. 그것을 바라보고 박수 쳐줄 수 있는 사람이 될 수 있길.

아이의 행동이 매일 나를 깨우 듯, 나의 사소함 또한 누군가에겐 작은 용기의 불씨가 될 수도 있는 세상, 그 속에 '당연함'이란 없음을 잊지 않는 내가 되고 싶다.

나를
채우는 시간

좀처럼 피로함을 느끼지 않던, 타고난 건 체력뿐이라던 내가 몸이 무겁게 느껴진 어느 날이었다. 한 달의 첫 날, 뭔가 해야 한다는 강박을 잠시 내려놓고 '오늘은 쉬는 날'이라며 모든 계획을 취소하고 집에서 시간을 보내기로 했다.

아이를 낳기 전까지 '쉼은 곧 나태'라던 내가 계획된 일을 취소하고 쉰다는 것은 결심에 가까운 다짐 같은 일이었다. 아무것도 하지 않으면 찾아오는 불안감을 어쩌지 못해 계획을 세우고, 시간을 허비하는 느낌이 싫어 무엇이라도 해야 했던 내가 아이를 낳으며 계획대로 되지 않는 세상이 있다는 것을 알게 되었다.

뜻하지 않은 상황에서 가져야만 했던 강제적 여유(여유라 쓰고 피곤이라 읽는다), 어쩔 수 없는 시간의 반복으로 스스로 '쉼'을 선택할 수 있게 되었다.

새로운 세상의 문이 열렸음을 인지하게 된 오늘의 피로가 새삼 감사한 하루의 시작이 되어주었다.

뒹굴뒹굴, 하나에 집중하지 못하고 리모컨을 계속 돌려가며 TV를 보고 있었다.

엄마의 피로함을 알아차린 걸까?

'무릎이 아프다. 허리가 아프다'며 말은 부드럽지만 떼어놓기 바빴던 아이, 엄마와 한 몸이 되어 놀기를 좋아하는 아이가 오늘은 방 한구석에서 장난감을 꺼내놓고 혼자 놀고 있다. 일인다역을 하며 엄마의 시간을 허락해주는 아이가 기특하기도 하면서 어느새 누군가를 살필 만큼 훌쩍 커버린 느낌에 이제 가슴 한구석을 비워야겠다는 생각이 들며 머릿속이 시끄러워졌다.

TV와 아이의 뒷모습, 복잡해지는 머리, 쉬는 건지 일하는 건지 모를 그때, 아이가 벌떡 일어나 몸을 돌려 나를 향해 걸어왔다. 아이의 두 손엔 책이 들려 있었고 그 위엔 장난감들이 한가득 놓여 있었다.

"엄마, 이거 먹어. 이거 먹으면 힘이 날 거야."

어디서 봤는지 메인 요리 곁에 가니시까지 곁들인 멋들어진 장난감 요리 한 상 차림이었다. 장난감 속에 담긴 아이의 마음, 멋을 알고 사랑을 담아낼 줄 아는 아이의 상차림 덕분에 방전되었던 몸이 급속 충전되는 느낌이었다.

한 달도 이 기운으로 잘 살아낼 수 있을 것 같은 느낌이 든다. 게으름 부리기 딱 좋은 7월의 첫날, 아이를 통해 나를 채우는 시간에 감사한 오늘이다.

우리 집 해님

저녁을 먹고 거실에서 기웃거리다 벌러덩 드러누운 딸이 나를 불렀다.

'아차'

잠잘 때 외엔 눕는 일이 없는 딸이 드러누워 나를 부른다는 건 심심하니 이야기를 하자는 신호이다. 그리고 이어지는 도무지 그 끝을 알 수 없는 도돌이표 질문 시간.

처음엔 문장으로 말을 하는 아이가 신기했고, 며칠은 아이의 질문 자체가 신선했다. 하지만 신비로움은 채 일주일을 넘기지 못했다.

'그래도 하브루타를 배우고 가르치는 강사인데…….'

처음엔 질문으로 돌리고, '네 생각은 어때?'라며 열심히 물었지만, 이제 막 입을 뗀 아이에게는 그것들을 표현할 만한 적절한 단어들이 입력되어 있지 않았다. 자기의 주위에 있는 것들이 어떤 이름을 가졌는지, 어떻게 표현하는지 궁금해서 던지는 질문인데 난 그저 '하브루타'에 꽂혀 아이에게 질문을 되돌렸다. 그럴 때마다 아이는 대답을 듣고 말겠다는 듯 질문의 부메랑을 끊임없이 던져댔다.

'졌다.'

내 대답을 듣고서야 반복되는 질문이 멈춘다는 것을 알아차린 나는 아이에게 질문을 되돌리는 대신 적절한 답을 찾기 시작했다.

'질문으로 되돌릴 수 없다면 제대로 된 답을 들려주리라.'

이 무슨 맥락 없는 고집이었는지, 쓸데없는 결심은 또다시 나를 지치게 했다.

몇날 며칠 반복되는 질문, 좀 전에 물었던 질문을 또다시 하는 아이.

아이의 같은 질문에 상상력을 자극하는 동화 같은 답을 주고 싶은 것은 준비되지 않은 엄마의 과욕이라는 것을 알아차리는데 10분이 걸리지 않았다.

'작가? 웃기시네. 내 아이한테 이거 하나 설명 못하면서…….'

답을 창조하는 일은 번번이 나를 좌절시켰다. 아침저녁으로 주구장창 읽어대던 책은 그저 지적 허영이었던 걸까? 내게도 인풋된 단어가 턱없이 부족하다는 것을 알았다.

질문으로 만들어진 뫼비우스의 띠 위에 올라설 생각을 하니 첫 질문을 받기도 전 피로함이 몰려왔다.

"엄마, 재는 뭐야?"

"저건 에어컨이라는 건데 우리가 더울 때 시원한 바람을 만들어 주는 거야."

"응, 저건 뭐야?"

"저건 규림이 책이잖아. 책 알지? 매일 동물이랑 꽃도 만날 수 있고, 규림가 좋아하는 슬기랑 우람이도 있는, 규림이가 매일 보는 규림이 책 친구들이지."

"저건 뭐야?"

"응, 저건 소파야. 만져봐. 푹신푹신 하지? 앉으면 몸도 편해지고 마음도 편안해져."

'대답을 듣긴 하는 거야?'

내 대답이 끝나기도 전 아이의 검지손가락은 이미 다음 질문을 향해 있다. 거실에서의 질문이 끝나가자 몸을 일으킨다. 아이의 손가락은 부엌과 안방으로 이어지고 다시 거실로 되돌아온다. 끝이 없다. 이미 나는 충분히 지쳤다.

안방에서 거실로 나오는 순간 나는 벌러덩, 또다시 바닥에 누워버렸다. 아이도 내 곁에 누웠다. 손가락이 하늘을 향한다.

"엄마. 저건 뭐야?"

더 이상은 못하겠다.

'뭐긴 뭐야? 전등이잖아.'라는 말이 목구멍까지 차올랐지만 꾹꾹 내 감정을 눌러가며 말한다.

"규림아, 이제 엄마도 잘 모르겠어. 과연 저건 뭘까?"

좀처럼 답하지 않던 세 살 아이가 입을 열었다(이날부터 아이의 일상 수집이 시작되었다).

"응, 엄마. 저건 우리 집에 있는 해님이잖아."

세상 가장 멋진 무대

집 앞 골목길, 길가에 덩그러니 놓인 업소용 간장통, 돌, 화분들…….

동네 사람들이 자기네 집 앞, 가게 앞에는 '주차하지 말라'며 세워놓은 주차 금지 팻말이다.

가뜩이나 좁은 골목은 아슬아슬 차 한 대가 지나갈 정도로 좁다. 그런 좁은 길에 자기네 편리를 위해 내어둔 물건들 때문에 보행에 지장을 받곤 했다.

아슬아슬하게 지나가는 차를 피하다 돌에 살짝 긁혔다. 아이가 아니라 나라서 다행이라는 생각도 잠시, 골목에 나와 있는 모든 것들이 이기적으로 보이기 시작했다.

'이 길이 개인 소유 땅도 아니잖아. 자기 생각밖에 못하는 사람들…….'

알지도 못한 사람들을 향한 비난이 시작되려던 찰나 엄마의 뾰족해진 마음을 읽은 것일까?

아이가 네모반듯한 돌 위로 냉큼 뛰어올랐다.

부끄럼이 많은 아이의 뜻밖의 춤과 노래. 아이는 그곳을 무대로 만들어버렸다.

"나뭇가지에 실처럼 날아든 솜사탕……."

아이의 노랫소리에 나의 삐뚤어진 입꼬리는 어느새 귀에 가 걸렸다.

이기적인 골목, 배려 없던 돌이 즐겁고 의미 있는 돌, 세상에서 가장 멋진 무대가 되는 것은 결국 내 마음에 있었다.

누구나 꽃이 피었습니다

'하하, 호호, 꺄르르…….'

어른들의 모임에 하나, 둘 아이들이 모여들기 시작하며 어느새 아이들은 자기들만의 놀이를 시작했다. 이상한 자세를 따라하며 연신 웃어대는 아이들, 역시 '아이는 아이다'라며 그저 자기네들끼리 잘 놀아주니 고마울 따름이었다.

아이들만큼 어른들의 수다에도 물이 올랐다. 의도한 것도 아닌데 아이들과 어른들은 이쪽, 저쪽으로 나뉘어져 각자의 수다 세계로 빠져들었다.

아이보다 서너 살 많은 언니가 믿음직했던 걸까? 어린아이를 잊고 어느새 어른들의 이야기에 빠져들었다. 점점 목소리가 커졌다. 어른들의 웃음소리도 끊이지 않았다. 정신없이 떠들다 찾아온 찰나의 침묵. 얼마의 시간이 흘렀는지도 몰랐다.

'엄마야'

아이들의 웃음소리가 들리지 않았다. 정신을 놓고 있다는 사실을 인지한 순간 고개를 획 돌려 아이를 찾았다.

'휴……'

아이들은 그대로인데 조용하다. 움직임도 없다.

몇 초 후 아이들이 움직이기 시작했다.

'무궁화 꽃이 피었습니다' 놀이를 하고 있었다.

보폭을 넓게 잡은 규림이가 기우뚱하더니 이내 술래자리로 뒤뚱뒤뚱 걸어갔다. 그런데 아이의 발음이 이상했다.

아직 '무궁화꽃'이라는 발음이 어려운건가?

벌떡 몸을 일으켜 아이에게 다가갔다. 한 글자씩 천천히, 또박 또박 알려주었다.

'무.궁.화. 꽃'이라고. 아이는 조금 느린 속도였지만 곧잘 따라했다.

다시 술래자리에선 딸, 그런데 또 다시 들려오는 낯선 발음.

아이의 눈에는 모든 사람이 꽃으로 보이나 보다.

누구나 꽃이 될 수 있다고 말하는 것만 같았다.

"누구나 꽃이 피었습니다. 누구나 꽃이 피었습니다."

목소리가 작아서 그런 걸까?

"규림아, 좀 더 크게 말해봐."

아이가 한 글자 한 글자 힘주어 또박또박 외쳤다.

"누구나 꽃이 피었습니다."

아이의 눈에는 모든 사람이 꽃으로 보이나 보다.

누구나 꽃이 될 수 있다고 말하는 것만 같았다.

"누구나 꽃이 피었습니다. 누구나 꽃이 피었습니다."

나는 오늘 세상 가장 예쁜 놀이를 배웠다.

있는 그대로 보기

책을 좋아하는 엄마, 아니 좋아하는 '척'하는 나는 언제나 잠자리에 들기 전 아이에게 책을 읽어준다. 그것이 가진 것 없는 내가 아이에게 줄 수 있는 가장 큰 선물 중 하나라 생각하니까.

그래도 이건 너무하다. 책 읽는 습관을 선물로 주고 싶은 나이지만, 재독, 삼독의 중요성을 언제나 강조하는 나이지만, 단기기억을 장기기억으로 넘기는 아이의 자연스런 행위라는 것을 알고 있지만 그래도 이건 너무했다.

읽고, 읽고, 또 읽어대는 그 책.

표지를 보는 것만으로도 피로함이 몰려왔다. 며칠째 계속되는 '또', '또'가 피곤해 아이 몰래 책장 높은 곳에 책을 숨겨버렸다.

예상과 달리 아이는 그 책을 찾지 않았다. 그렇게 아이에게서, 또 나에게서 잊힌 줄 알았던 책이 아이의 가슴에 안겨 있었다.

"어? 그…… 휴……."

조건 반사하는 파블로프의 개마냥 책을 보자마자 터져버린 한숨.

조금만 숫자를 보태면 백 번은 읽은 것 같다.

"지금 꼭 이 책을 읽고 싶어?"

나의 질문에 가시가 돋쳐 있었지만 아이는 세상 가장 천진한 얼굴로 연신 고개 끄덕였다.

페이지를 넘겨 그림만 봐도 줄줄 뱉어내는 이야기.

'딸아, 이제 그만 볼 때도 되지 않았니? 다 외웠잖아. 한 권 그려도 되겠다.'

차마 뱉지 못한 말이 가슴에서 부풀어 올랐다.

"휴."

'어차피 읽어야 한다면 빨리 끝내자. 또라는 말만 저 입에서 나오지 마라. 제발.'

부디 한 번으로 끝나길 빌며 우리들의 베드타임 책읽기가 시작되었다.

누가 책을 읽는 건지, 나의 책 읽는 소리에 아이의 목소리가 섞이곤 했다. 기분 좋은 날엔 음악처럼 들릴 그 소리가 그날은 불협화음처럼 들렸다.

"가장 중요한 건 눈에 보이지 않아."

불협화음을 진화시키고 싶었다. 여차하다간 한 시간이 걸릴 것 같은, 읽을 때마다 이야기가 많아지는 책이기에, 쏟아지는 잠을 참고 읽을 때가 많았던 책이기에 잠시 끊어가기로 했다.

의미 없는 질문을 던졌다.

"규림아, 그런데 왜 중요한 건 눈에 보이지 않는 거야?"

"응, 그건 눈을 감아서 그런 거야."

손끝이 찌릿 찌릿, 망치 하나가 나를 내려쳤다.

일을 핑계로, 바쁘다는 이유로 외면하던 나를 읽은 것일까?

보고 싶은 것만 보고, 듣고 싶은 것만 들으며 정작 중요한 것들 앞에서 눈감는 나에게 날려주는 아이의 일침, '엄마, 눈을 떠서 세상을 좀 보세요.'라고 말하는 것 같았다.

시간이 멈춘 듯 고요했다. 멍하게 생각으로 빠져드는 나는 아이의 소리에 정신을 차렸다. 책 읽기를 멈춘 엄마를 두고 아이는 그림 읽기를 하고 있었다. 몇 페이지가 넘겨져 있었다. 아이의 손끝은 별을 향해 있었다.

"엄마, 어린 왕자는 별에 있고, 우린 지구에 있잖아."

다시 한 번 놀랐다. 얼마 전까지 분명 '공'이라고 했던 그 장면에서 아이는 '별'과 '지구'라는 단어를 쓰고 있었다. 나도 어쩔 수 없는 엄마였다. 아이의 입을 통해 처음 듣는 단어들이 마냥 신기했다.

"그렇지. 그런데 그게 왜?"

"우리는 지구에 있으니까 우리가 지구를 지켜야 해."

"어떻게 지구를 지킬 수 있는데?"

"응, 그건 말이야. 우리의 깨끗한 마음이 지구를 지켜주는 거야."

자연도,

사람도,

지구 위의 모든 것들도…….

아이들이 같은 책을 백 번씩 읽어도 지겨워하지 않는 이유를 알 것 같다.

말하는 아기

5살이 되며 아이는 어린이집을 옮겨야만 했다. 가정 어린이집은 4세까지만 보육이 가능했기에 제법 규모가 있는 어린이집으로 전학을 했다.

아이들도, 선생님들도 많은 그래서 지켜야 할 규칙이 더 많아진 어린이집으로 옮기고 나니 아이는 스스로도 많이 컸다 생각하는 듯했다.

이전의 어린이집 앞을 지날 때면 늘 그곳을 가리키며 말을 되풀이 한다.

"엄마, 저기는 나 아기 때 다니던 곳이지?"

길다가 유모차를 탄 아이를 보며(4살쯤 돼 보였다.) 하는 말에 유모차를 밀던 엄마도 나도 크게 웃었다.

"아이구, 귀여워라. 아기네."

자기만한 덩치의 아이를 봐도 4살이라고 하면 늘 귀엽다며 '까꿍'을 남발한다. 언니가 된 자기만의 의식인가보다.

이제 말이 제법 통해 육아의 행복을 만끽하려는 나에게 아이는 이따금 찬물을 끼얹는다.

여전히 어눌한 발음도 있고 때로 알아듣지 못하는 말을 해 다시 묻고 집중해서 들어야 하는데 아이는 언니가 됐다 생각하고 난 후부터 부쩍 아기 흉내를 많이 내기 시작했다.

알아듣지 못하는 말에 아기 흉내로 더 짧아진 말은 거의 외계어 수준이다. 아무리 집중해도 무슨 말인지 알아들을 수 없다. 엉덩이를 두들겨주며 맞장구를 쳐줄 때도 있지만 아기 흉내가 길어지면 스멀스멀 돌 전 무시무시했던 육아의 기억들이 되살아난다. 얼른 언니로 되돌려 놓고 싶은 마음에 말을 꺼냈다.

"규림아, 엄마는 아기 규림이도 좋지만 언니 규림이가 더 좋아."

"왜요?"

"언니 규림이는 엄마랑 이렇게 이야기할 수 있잖아. 아기랑은 말을 못하니까."

"엄마, 아기들도 말할 수 있어요."

소리 세상

씻는 둥 마는 둥, 나는 목욕이라 쓰고 물놀이라 부른다.

아이를 파란색 욕조에 담그고 욕실 바닥 청소를 시작했다. 욕조에서 시작해 어느새 욕실 입구까지 다다랐다.

"엄마, 예쁘죠?"

흘끗 돌아보니 허공에 대고 피아노 연주를 하고 있었다. 그 모습이 예쁘냐는 물음 같았다.

"우리 규림이는 뭘 해도 이쁘지."

영혼 없는 대답을 던지고 끝나가는 욕실 청소에 열을 올렸다.

"아름다워라."

'네 딸 맞다'며 자기애가 넘친다는 이야기를 종종 듣는 아이지만 감탄사가 과하다 싶었다.

"뭐가 그렇게 아름다워?"

"잘 들어보세요."

"들어? 뭘?"

다시 바라본 아이는 물 위에 손가락을 올려두고 피아노 치듯 물을 두드리고 있었다. 하던 일을 멈췄다. 고요해진 욕실에는 아이의 작은 손가락 끝에서 연주되는 물소리만 들릴 뿐이었다. 부드러우면서도 명쾌한 물소리는 한때 듣곤 하던, 그런 고운 음악 속에서나 들을 수 있던 바로 그 소리였다.

'뽕, 뽕'

꽉 잠기지 않은 수도꼭지에서 욕조로 일정한 시간을 두고 물이 떨어졌다. 또 하나의 음악이 연주되고 있었다.

지금껏 나의 세상이 절대적으로 시각에 의존한 세상이었음을 알았다.

그날, 나는 나의 오감을 깨웠다.

희미하게 들려오는 자동차 소리, 거실에서 들려오는 TV 소리, 환풍기가 돌아가며 만들어내는 날개 소리, 벽을 타고 흘러오는 옆집 부부의 웅얼거림…….

이 모든 소리들이 뒤섞여 '욕실의 소리'가 되어 내 귀에 거침없이 와 닿았다.

습관의 힘!
엄마는 어떤 꿈 꾸고 싶어?

아이가 태어나며 가장 많이 들었던 단어 중 하나가 바로 '꿈'이다.

엄마는 꿈을 미루지 않겠다며 회사에 사직서를 던졌고, 꿈꾸는 사람들과 언제나 함께하는 엄마이다.

나는 아이와 마주 앉아 꿈 이야기를 해본 적이 없다. 그런 단어에 노출되고 있는지조차 몰랐다. 그저 나의 즐거움과 행복을 위해 함께 다녔을 뿐이다.

사실 4살 아이에게 꿈 이야기는 빠르다 생각했다. 꿈에 관한 이야기는 아이가 조금 더 크면 자연스럽게 하게 될 이야기라 생각했다.

아이를 침대에 눕히고 불을 껐다. 아이 옆에 나란히 누웠다.

그때 아이의 입에서 나온 첫 마디에 소스라치게 놀랐다.

"엄마, 엄마는 어떤 꿈 꾸고 싶어?"

아이의 질문에 너무 놀라 다시 물었다. 내가 잘못 들었다 생각했다.

"규림아, 뭐라고 했어?"

"엄마는 어떤 꿈 꾸고 싶어?"

꿈이라는 말이, 아직 발음도 부정확한 딸의 입에서 나온다는 것 자체가 신기했다.

'콩나물시루 효과'라는 게 이런 것인가? 습관의 힘이라는 것이 이런 것인가?

아이와 단 한 번도 아이와 꿈 이야기를 한 적이 없다 생각했는데 오가며 들은 흘려 들었던 '꿈'이라는 단어가 아이에게도 뜨거운 무엇인가를 전한 모양이다.

난 아이의 그 질문 하나만으로 충분히 행복했다. 하지만 궁금했다. 이 작은 아이가 꿈이라는 말이 무슨 뜻인지는 알고 묻는 것일까?

아이의 질문에 반복적으로 했던 나의 대답이
이제 아이의 꿈이 되어버렸다. 다시 한 번 느낀
습관의 힘, 이제 대답도 정성을 담아야겠다.

"규림이는 무슨 꿈 꾸고 싶어?"

"응, 나는 하늘에서 맛있는 게 많이 떨어지면 좋겠어. 그럼 내가 다 먹을 거야."

'알고 있구나. 그것도 정확하게.'

아이의 대답은 아이가 상상할 수 있는 가장 행복한 일일 것 같았다. 아이의 대답 한마디에 최고의 선물을 받는 하루가 되었다.

다시 한 번 느꼈다. 아이의 일상과 환경이 얼마나 중요한지, 나의 무의식적인 행동들이 내 아이에게 어떤 영향을 미칠 수 있는지.

아이의 습관은 부모의 삶에서 자연스럽게 닮아가게 될 수밖에 없다.

자녀에게 물려줄 수 있는 가장 귀한 선물은 '좋은 습관'이라고 말하던 나였는데 아이의 대답에 첫 단추는 잘 끼워진 것만 같았다.

그렇게 몇 달 전부터 시작된 아이와의 잠자리에서의 꿈 질문은 지금까지도 계속되고 있다.

아이의 질문에 반복적으로 했던 나의 대답이 이제 아이의 꿈이 되어버렸다.

다시 한 번 느낀 습관의 힘, 이제 대답도 정성을 담아야겠다.

"규림아, 규림이는 어떤 꿈 꿀 거야?"

"응, 나는 엄마랑 비행기 타고 여기저기 여행 다니고 글 쓸 거야."

마치는 글

잠깐의 멈춤, 짧은 낮잠으로 에너지 충전되는 아이의 무한 체력에 육아는 여전히 어렵다. 익숙해졌다 싶으면 새롭게 다가오고, 답을 찾은 것 같다 싶으면 또다시 길을 잃게 되는 육아는 정답이 없는 일이기에, 나만의 해답을 매 순간 만들어 나가야 하는 일이기에 더 어렵다. 하지만 험난한 여정, 길을 잃고 헤매는 고통이 주는 쾌락은 크다. 전혀 뜻하지 않는 곳에서 온전한 나만의 보석을 찾아내는 기쁨이 있다. 오직 헤맴을 통해서만 발견할 수 있는 희열은 직접 경험하지 않고서 상상할 수 없는, 말로는 설명할 수 없는 묵직한 무언가가 있다.

현실은 수많은 가닥의 실로 직조된다.

하지만 내 세상에는 좋음과 나쁨, 기쁨과 슬픔만이 존재했다. 수많은 실로 만들어져야 할 나의 현실은 여기저기 구멍 뚫린 직조물이었다. 듬성듬성 만들어진 나의 세상이 아이를 만남으로 나만의 태피스트리를 만드는 시간이 되고 있다.

억울하고 고되기만 할 줄 알았던 육아는 어느새 아이에게 배우는 기회의 장을 열었고 기적의 시간을 허락했다.

아이의 거죽을 쓴 그녀는 시인이자 소설가이며 철학자이다.

나에게 찾아온 이 위대한 사람을 어찌 사랑하지 않을 수 있을까?

아이를 낳고 하늘을 보았다. 거기엔 토끼가 있었고 아이스크림이 있었고 사랑이 있었다.

아이를 낳고 세상을 듣게 되었다. 그곳엔 비의 노래가 있었고 바람의 춤이 있었다.

언제나 있었던 하늘이고 바람이고 세상이었다. 하지만 미처 느끼지 못했던, 세상이 나를 위해 준비한 많은 보석들을 아이의 눈을 통해 발견할 수 있었다.

하늘을 보고 귀를 열어 세상을 듣는 일은 단순한 유희가 아니다. 빡빡하고 치열하고 건조했던 하나의 세상이 흘러가고 기쁨과 행복의 달콤한 세상이 다가오는 일이다.

살기 위해 무딜 대로 무뎌진 나의 몸과 마음을 깨워 온 세상과 소통하게 하는 아이를 만난 것은 내 인생 최고의 축복이다.

매일이 행복이고, 순간순간이 기쁨이고, 오늘이 기적일 수 있는 이유는 내가 엄마이기 때문이다. 나에게 이런 큰 영광을 내린 그녀는 태어남으로 그 '효'를 다 했다. 그저 아이와 내가 함께 춤추며 우리들만의 그림을 그려나가기만 하면 된다.

아이와 함께 맞이할 내일은 내가 읽고 쓰고 듣지 않아도 가장 큰 배움을 얻을 수 있는 시간이다. 엄마는 아이가 태어남으로, 아이를 키워냄으로 성장한다.

내 세상을 만날 수 있는, 내 인생에서 단 한 번 경험할 수 있는 '최고의 강의'가 지금 진행 중이다. 매일 나는 세상 어디에도 없는 단 한 사람의 스승으로부터 인생을 배운다.

이런 기적이 나에게 찾아왔음을, 그 기적을 내가 알아보았음을, 그 기적을 내가 꼭 붙들 수 있음을 감사한다.

나의 매일이 '미라클데이'일 수 있는 이유는 내가 아이와 함께 그려갈 세상에 어떤 그림도 그려넣을 수 있기 때문이다.

'열심히 더 열심히' 최선을 다해 놀다 보면 그것이 최고의 성장이라는 것을 이제는 안다.

지독하게 힘든 고통의 육아가 아니라 세상을 발견하고 나를 성장시키는 인생 최고의 공부 시간을 온몸으로 느끼고 배우리라.

나는 그녀를 만난 기적의 엄마다.